AF174728

EL COMIENZO
DE LOS TIEMPOS

EL COMIENZO
DE LOS TIEMPOS

José María Ortega Sanz

El comienzo de los tiempos

Autor: José María Ortega Sanz

Correctores: Guillermo Bornstein y Victor Álavarez

BLB CONSULTORES REGISTRALES E HIPOTECARIOS S.L.
NIF. B86927563
Exit Editorial es un sello registrado de BLB CONSULTORES S. L.
Calle Chopos, 31, 28221 Majadahonda
Teléfono: 616985408 / 673161172
Email: comunicacion@exitcomunicacion.com
Página Web: www.exitcomunicacion.com

Depósito Legal: M-1871-2024
ISBN: 978-84-128076-1-5

Reservados todos los derechos.
Cualquier forma de reproducción, distribución, comunicación pública o transfor-
mación de esta obra solo puede ser realizada con la autorización de sus titulares,
salvo excepción prevista por la ley. Diríjase a CEDRO (Centro Español de Derechos
Reprográficos, www.cedro.org), si necesita fotocopiar o escanear algún fragmento
de esta obra.

A mis hijos Miguel y Lara

*"Yo sé un himno gigante y extraño
que anuncia en la noche del alma una aurora.
Y estas páginas son de ese himno,
cadencias que el aire dilata en las sombras".*

Gustavo Adolfo Bécquer, *Rima I*

"Estos días azules y este sol de la infancia".

Antonio Machado

CAPÍTULO I

DE LAS TINIEBLAS A LA LUZ

C uando aún no había nada, ya existía Margald que lo abarca-
ba todo con su ser, porque él era todo y todo era él. Habitaba
Margald en la enorme soledad de aquel vacío infinito, hasta
que en cierto momento, cansado de estar tan solo, decidió crear un
nuevo ser.

Así su poder dio la existencia a un enorme gigante que ocupó
todo el espacio con su cuerpo. A este inmenso coloso le puso por
nombre Universo.

Tenía este titán por corazón la Tierra, donde ahora habitamos;
era esta, entonces, un vivo y palpitante corazón, cuyo latido sonaba
vibrante y profundo en medio del espacio infinito.

Pero, según iba pasando el tiempo, la existencia de Universo se
volvía más vacía y sin sentido. Nada había y nada podía conocer. Su
mente se fue haciendo tinieblas y su órgano terráqueo se convirtió
en una dura roca que, poco a poco, se enfrió, hasta quedar cubierta
por los hielos. Sin pasiones ni ilusiones el gigante terminó reducido
a un gran espacio hueco.

El autor de todo, viendo entristecido lo que había ocurrido con
Universo, decidió crear otro nuevo ser. Este fue concebido más pequeño y limitado que el gran titán, pero en cambio habría más energía e ingenio en él. Una idea luminosa cruzó la gran mente de Margald para alumbrar el mundo de sombras y silencio en que se estaba
convirtiendo de nuevo el infinito. El fulgurante ente debería traer
la luz y el calor al oscuro interior de Universo. Así, el fundador del
mundo inventó a su hijo, el Sol. Tomó la forma el gran astro de una
deidad joven y fuerte, de brillante cabellera dorada que relucía al
resplandor de su antorcha eterna, y dirigía un veloz carro de fuego,
del cual tiraban seis caballos llameantes.

Partió el Sol hacia la Tierra, portando los atributos de luz y calor que le habían sido concedidos. Fue cruzando las oscuras tinieblas del espacio iluminándolas con su ser, hasta llegar finalmente al horizonte congelado del mundo, en donde hizo resplandecer los hielos con su fuego, en el primero y más hermoso amanecer de todos los tiempos.

Atravesó el orbe de lado a lado, que luego se llamarían Este y Oeste, haciéndolo a partir de entonces hasta el fin de los tiempos. Se descongelaron las montañas por el intenso poder del Sol en aquel fogoso día, se quebraron los hielos y, derritiéndose, fueron cayendo las aguas en grandísimas trombas, dirigiéndose siempre hacia las zonas más bajas y profundas de la Tierra. Tras su espumoso paso, asomaban brillando por la humedad en el horizonte las rocas y areniscas cubiertas desde lejanos tiempos, y ahora revueltas en el lodazal que se extendía bajo la luz del poderoso astro.

Formáronse los mares y océanos allá donde se juntaron las enormes masas acuáticas. Sobre la Tierra, el líquido elemento siguió corriendo en torrentes y cascadas que convergían originando grandes ríos. Otras aguas se remansaron convertidas en lagos o estancaron en zonas pantanosas, y algunas siguieron estando congeladas, como los glaciares de las altas montañas y las frías tierras del Norte, donde el Sol brilla con menor intensidad que en el Sur, dando escaso calor.

A medida que el acuático manto caía humedeciendo la superficie antes helada del corazón terrestre, fueron apareciendo de las profundidades empapadas de este las primeras plantas. Eran aquellas la explosión verde y esperanzadora de un mundo deseoso de sentir, que, chorreante y bañado por la luz y el calor, descubría su fuerza y frescura creando un nuevo fenómeno llamado vida. Fueron primero unas simples hierbas, débiles y extremadamente finas; luego se convirtieron en plantas más vigorosas, entre las que algunas daban hermosas flores; después crecieron los matorrales y arbustos, aún más fuertes y altos; finalmente se alzaron los árboles, mayores en tamaño y de infinidad de formas y clases: pinos, hayas, robles, palmeras, álamos, baobabs..., que cubrieron toda la Tierra con un inmenso manto verde, el cual solo se detenía con las más altas montañas o el paso de las aguas.

Aquel corazón en tinieblas que era el mundo floreció a una velocidad increíble hoy en día, y aunque la variedad vegetal se fue conformando con el paso del tiempo, ya entonces aparecieron numerosas especies según las zonas.

Fue aquel primer día el más largo y trabajoso para el Sol, pero también quizás el más hermoso por tener la frescura del nacimiento de algo grande y diferente. Además, todo había sucedido y brotado con una energía y rapidez que nunca más se volvería a conocer, pues era una fuerza acumulada durante tiempo inmemorial que tan solo esperaba un impulso para saltar, y el radiante astro, con su luz y calor, había dado aquel estímulo.

Terminó su jornada el carro solar, perdiéndose al oeste del orbe, hasta llegar más allá del océano de Occidente. Dejó a la Tierra con el esplendor de las últimas luces del crepúsculo, tan distinta de antes, tan cambiada su forma, tan llena de vida y color... Pero ahora esta volvía a quedarse sola en la oscuridad de la noche, a merced de la espera; espera que la lógica ignorancia de la naturaleza convirtió en miedo, miedo por la llegada otra vez de la oscuridad.

Se perdió el Sol en el horizonte llano del mar y, tras cabalgar sobre las aguas, llegó a la escollera rocosa que soporta de desbordarse hacia los abismos del espacio a las aguas del océano. Allí, tras teñir el cielo con el hermoso púrpura del ocaso, construyó, con la luz de los últimos resplandores de la tarde y con las pocas fuerzas que aún le quedaban después de tan agotadora jornada, un palacio que le sirviese para descansar tras sus trabajos diarios. Levantándolo al borde del rocoso precipicio universal le puso por nombre Hildebrán[1], el cual habría de servir de residencia para las demás divinidades que con el tiempo pudiesen ir surgiendo, así como lugar de espera para otros seres menores, hasta que al final de los tiempos todo y todos vuelvan a formar parte de ese gran alma que es Margald.

* * *

Mientras la noche caía sobre la Tierra, algo sucedió en las profundidades de las aguas. Hacía tiempo, Universo había dejado pasar por su pensamiento la idea del amor, y aquella, convertida en sentimiento en su corazón, tomó la forma de una belleza femenina, que al poco de aparecer, como todo lo que pudiese engendrar la mente abúlica de Universo, quedó atrapada en los hielos del olvido y la frialdad del silencio.

Pero en aquel día en que tantas cosas habían cambiado, y el calor y la luz habían aparecido sobre el mundo, la doncella volvió a la existencia emergiendo de los fondos abisales hasta la llana superfi-

---

1   Mansión del Ocaso.

cie del mar, elevándose desde allí hacia el oscuro cielo nocturno e iluminando este con su plateada luz, mientras paseaba noctámbula sobre su celeste barca de nácar.

La Tierra, que había permanecido acongojada durante la oscuridad total que había invadido el tiempo, respiró aliviada a la llegada de la tenue luz de la Luna, pues era este el nombre que tomaría aquella viajera nocturna. Tranquilizado por la penumbra, el mundo esperó.

Despertó el Sol y montó sobre su carro de fuego lanzándose después por el inmenso precipicio que caía tras de su mansión nocturna. Después, comenzó a golpear la resistente corteza terrestre con su poderosa maza de acero y fuego, para poder atravesar el Orbe de oeste a este, horadando un túnel que le sirviera para recorrerlo por debajo sin que este despertara de su sueño, y hacer amanecer por el horizonte del oriente, allí donde el alba había siempre de levantarse. Aquel nuevo mundo necesitaría también de una rutina para que la vida se desarrollase, y esta debía ser ajustada por el camino del gran astro sobre su horizonte.

Amaneció, y con la aurora un carro solar rojizo y hermoso apareció en un segundo y magnífico amanecer. Sobre la Tierra, frente a frente el Sol y la Luna se contemplaron, aunque la potente luz mañanera deslumbrara el delicado resplandor noctámbulo. Tras verse, y estando los dos solos sobre la bóveda del mundo, sintieron el uno por el otro una poderosa atracción y se desearon con la mayor intensidad que jamás se haya conocido sobre el firmamento. Se amaron con la energía de los cielos y de la Tierra unida en un ardiente abrazo, de tal manera que el orbe se oscureció en su olvido, y el mundo cayó de nuevo presa del pánico, viendo que las tinieblas de la noche volvían a extenderse aún antes de la llegada de la tarde.

Luego los celestes amantes se separaron para seguir cada uno su destino a través del firmamento. Para el Sol quedaron las tierras emergidas, con sus imponentes montañas; para la Luna, las aguas con sus profundos abismos. El portador del fogoso carro sería el señor del día, dueño de la razón y la fuerza, de la luz y la claridad, mientras que la sinuosa dama reinaría en la noche y la oscuridad, envuelta entre velos de misterio, calma y sentimiento. Ambos se complementaban y daban valor a la existencia del mundo, e, iluminándolo día y noche, mantenían vivo el espíritu de Margald en todo momento sobre él. De esta manera, el origen de todo se sentía como si estuviese presente con la llamada a la vida de la aurora y en el susurro al descanso del atardecer. Así se organizaron las fuerzas sobre la Tierra, en un orden perfecto que surgía del gran amor y del profundo conocimiento que sentía el creador, Margald, hacia su obra.

CAPÍTULO II

EL PODER
DE LAS ESTRELLAS

Ambos, el Sol y la Luna, se habían amado sobre la Tierra. De aquella unión celeste pronto habrían de surgir nuevas lumbreras para el firmamento. Mas también es cierto que tanto el fogoso auriga como la doncella marinera perdieron en aquel momento parte de su divina energía, la prístina fuerza de la juventud, reduciéndose más sus poderes durante las sucesivas veces en las que se amaron y los partos que de ellos tuvo la nocturna dama. Estos alumbramientos se fueron sucediendo hasta llenar el cielo de estrellas, y aún hoy continúan.

Ocho eran las estrellas que aparecieron en el primer parto, y a ellas se les concedió mayor poder que a ninguno de los luceros posteriores sobre las fuerzas de la naturaleza, y por lo tanto sobre la vida. Fueron estos sus nombres y poderes, según el orden con el que iban saliendo a la luz desde el plateado vientre de la Luna. La primera, Frassar, la más grande de todas, poseía el dominio sobre los vientos, siendo capaz de soplar con sus potentes pulmones desde las suaves brisas a los temibles huracanes. Dravo fue la siguiente, y es ella la que arroja los rayos, con sus truenos y relámpagos, desde su arco de las tormentas. Con el nombre de Helvro llegó la tercera estrella, que viste el blanco manto que cae al mundo deshaciéndose en jirones, formando la fría nieve. La siguió Osvora, la cual teje el velo brillante y húmedo de la lluvia. Situada la quinta estaba Yaldon, que posee la vaporosa cabellera que flota y se deshace en nubes y nieblas. Sirfa, que hace el número seis, toca con su flauta la melodía de los sonidos de la Tierra. Colocada en penúltimo lugar, Lumen vigila la hoguera donde arde el fuego primigenio que da calor al orbe e ilumina sus noches y sombras. Y finalmente Rangio, que ostenta el poder más penoso, pasear la muerte sobre el mundo, segando con la inalterable espada del tiempo las vidas viejas para que nazcan las nuevas.

Fueron más, muchas más las estrellas que nacieron, y que aún siguen brotando, poco después de que en pleno día caiga la noche sobre la Tierra, porque el Sol es cubierto por la Luna para que la abrace y continúe la vida.

El astro de la mañana ya no es el fogoso Señor de ayer, sino un poderoso anciano, dotado con el don de ser eterno. La plateada dama, ya madura, navega por el firmamento, apareciendo solo cada veintinueve días con todo el esplendor de su belleza, llena y luminosa; en los demás días crece y decrece en lentos y prolongados suspiros, que lanza por las infinitas luces de sus hijas, las estrellas, que cada vez son más y van poblando el Universo de esplendor.

A esta multitud de luceros que han ido llenando la bóveda celeste se les fueron atribuyendo nuevos poderes, los cuales ejercen desde su lugar brillante en el firmamento. Son muchos sus nombres y también los poderes que se las atribuyen. Pero destaca, de entre aquellas que vinieron después de las ocho primeras, la que les siguió inmediatamente al ser la primeriza del segundo parto, llamada Layda. Ella tendió un puente de colores entre sus hermanas del cielo y la tierra con el Arco Iris, que se convirtió en el símbolo de su poder. Después, las que la sucedieron encontraron su dominio, no solo en las fuerzas de la naturaleza, sino también en las virtudes, en las acciones y en el mundo más abstracto de las ideas, como Alteya, cuya luz expresa la Verdad, aunque en aquellos primeros tiempos todo parecía ser verdadero. Así hallaron su resplandor conceptos como la belleza, la alegría, la soledad, la fuerza, la paz, la inteligencia, la sabiduría, el amor, el trabajo... y todas y cada una de las cualidades o pasiones que iluminan y conducen las fuerzas de la vida, fruto todas ellas de la vigilia nocturna de los astros.

Cuantas más estrellas han brillado en el Universo, tanto más grande ha sido el panteón de sus poderes sobre la Tierra, apadrinando árboles, plantas, rocas, animales, ciudades, regiones, pueblos, razas, héroes... Cada uno ha ido asociándose al poder que emanaba de uno o varios luceros, encontrando una respuesta a sus tribulaciones y alegrías, así como una guía en la noche oscura del mundo y del espíritu.

Por eso existe esa larga retahíla de dioses y diosas, seres divinos y protectores que llenan el variadísimo orbe de las creencias. Aunque en el fondo no sean más que emanaciones del único gran poder, Margald, diluido en multitud de formas, luces, colores y materias.

* * *

—¿Alguien me escucha? ¿Alguien me oye? —Era una voz vibrante y fresca que sonaba nueva en el espacio infinito. Tan solo la nada contesta—. Quien quiera que sea ¿podría decirme quién soy? ¿Cuál es mi nombre?

Los océanos y los mares, los bosques y las montañas de la Tierra se mantenían silenciosos en la noche, y sobre la bóveda celeste brillaba resplandeciente la Luna, rodeada de una multitud de luminosas estrellas.

Las palabras existían y Margald había dado nombre a todo lo que había ido engendrando. Y todo lo establecido sabía de su existencia en aquella realidad, lo sentía y lo comunicaba. Pero era como un murmullo constante y el mensaje se sobreentendía, pareciendo un reflejo del mismo Creador.

Mas aquella voz tan llena de energía, elevándose sobre infinitos silencios y lejanos susurros, sonaba con ingenua originalidad.

—¡Oídme, estrellas, mis hermanas! Escuchad, espacios, mi voz, porque anhelo saber quién soy. Mi nombre y mi razón de existir —continuaba aquel discurso que surgía de un pequeño lucero nacido recientemente del vientre de la Luna—.Porque hay algo dentro de mí que me obliga a expresarme y elevar mi acento sobre vuestro murmullo, sobre vuestra silenciosa cadencia. Algo que crece imparable en mí, y no alcanzo a comprender entre esos rumores, ni encuentro respuesta en ellos.

—Te llamarás Luxis. —Una voz había surgido del infinito, un sonido por todos conocido, aunque nunca así escuchada. Margald hablaba y los ecos de su eternidad retumbaban en el espacio dando una mayor importancia a su discurso, como si quisiera marcar el sentido del mismo—. Aunque pequeña, serás grande, pues pese a que ya existiese la palabra, tú le darás un sentido nuevo, el de su vínculo al Entendimiento. Serás como una nueva luz. Contigo los vocablos no solo darán nombres, sino expresarán vida, ideas y sentimiento. Tendrán su propia belleza y sentido. Grande es la potestad que te doy, el poder del lenguaje, porque, sin ser vida, reflejarás como nadie el sino de la existencia. Y los muchos nuevos seres por venir encontrarán en tu resplandor sabiduría, verdad, hermosura y consuelo. —Y, haciendo un breve silencio, terminó—: Aunque como el silencio helado del Universo, a veces las palabras podrán convidar también a la fatalidad. Pero contigo comienza algo grande, Luxis, y tu influjo crecerá con el mundo.

La bóveda celeste guardaba silencio en el brillo de las estrellas.

En la Tierra comenzó a levantarse un suave viento que fue cobrando fuerza. Pronto formó grandes olas en los mares y océanos. Su soplo barrió la llanura, agitando las copas de los frondosos bosques, y convertido en fiera ventisca acabó estrellándose contra las altas montañas, acariciando el firmamento desde sus heladas cumbres.

* * *

Mientras el cielo se llenaba de astros, pasaba el tiempo y el órgano terráqueo cambiaba con él. Las cuatro estaciones se sucedían sobre el mundo, haciendo que las temperaturas bajaran desde un calor insoportable hasta un frío estremecedor. Eran trescientos sesenta y cinco días que formaban el año de la Tierra. Trescientos sesenta y cinco amaneceres y puestas de sol lo que tardaba en completar su latido el enorme corazón de Universo. Este, palpitante en los primeros tiempos, apenas si se mueve hoy desde los fríos días oscuros. Despacio, lentamente, el pétreo órgano se expande y se contrae dando lugar a las estaciones de verano e invierno sucesivamente, y entre ambas, el otoño y la primavera. Una Tierra extendida se tarda más en cruzar, las jornadas se alargan y el Sol da mayor luz y calienta la superficie terrestre con más intensidad. A esto se le llama verano o estío. Un corazón recogido sobre sí mismo se atraviesa con mayor rapidez, la noche entra antes y se prolonga, y con ella viene el frío y la oscuridad, y es entonces cuando llega el invierno. La primavera, verde, florida y fresca, se sucede entre ambas abriendo paso al cálido verano. El otoño, pardo, caduco y lluvioso, también es tiempo de transición, pero esta vez para dejar sitio con sus ramas desnudas al invierno. Estas eran las cuatro estaciones que ocupan el largo espacio de un año, los trescientos sesenta y cinco soles y lunas que aparecen tantos días y noches sobre el espacio terrestre y que, inalterablemente, iban a marcar a partir de entonces el paso del tiempo.

CAPÍTULO III

LOS ALBOS

Margald contemplaba aquel mundo lleno de luz y de vida. Pero pensaba que aún a este le faltaba algo. La vegetación crecía y se extendía hasta llegar a los límites que el propio terreno y las aguas le ponían. Las plantas más grandes ocultaban la luz solar a las inferiores, que desaparecían entre las sombras de la espesura. La Tierra se había convertido en un vergel, pero faltaba una vida distinta a esta, una existencia sin raíces que se moviese por el mundo y disfrutase de él. Y quizás incluso acabara conociendo sus secretos y dominándolo. El creador pensaba en aquel nuevo tipo de ser y fue susurrando su deseo a las estrellas, que cada vez eran más e iban ocupando toda la amplitud de la bóveda celeste.

Una noche en que el océano de oriente estaba completamente en calma, todas las estrellas del firmamento se reflejaron en sus aguas. El Sol aún brillaba en el lejano horizonte del poniente. En cada uno de aquellos reflejos que se esparcían por aquel amplio mar fueron encarnándose unas formas esbeltas y luminosas de aspecto antropomórfico. Aquellas delicadas figuras, tan semejantes a nosotros los hombres, aunque mayores en belleza y de una reluciente blancura, eran los albos, los hijos de los astros, y su origen rozaba casi lo divino.

Los albos iban llegando a las playas y costas rocosas, casi deslizándose sobre aquel piélago tan extrañamente taimado, que parecía más una pequeña balsa que un gran océano. Arribaban ya en solitario, otros en pequeños grupos, y una vez se iban reuniendo en sus diferentes lugares de llegada a tierra firme se ponían en marcha para recorrer el mundo. Hubo, sin embargo, algunos que al experimentar el suave tacto del salado líquido sobre sus nuevos cuerpos se sintieron atraídos por su frescura y escogieron aquel medio como forma de vida, convirtiéndose con el paso del tiempo en los sirénidos de los mares. Allí quedaron para siempre, habitando las profundidades de las aguas, donde dicen que viven en palacios cristalinos, rodeados de bosques de algas y peces de colores, olvidados por completo de la fortuna que corrieron sus hermanos sobre la superficie.

Pero el destino de la gran multitud era el de caminar por la faz del mundo, sobre el cual deberían ejercer primero la labor que les había sido impuesta, llenar el orbe con una nueva existencia que se moviese, corriendo y reptando sobre la piel terrestre, volando por el cielo azul y nadando en las espumosas aguas. Los albos iban a llenar el corazón de Universo con las nuevas y diferentes formas que había soñado Margald.

Para que eso sucediese, los albos habían de realizar, provistos de arco, flechas y carcaj, la única cacería que al mundo ha traído vida, en vez de arrancarla. Cada arquero albo o alba, pues los había de ambos sexos por igual, llevaba en su carcaj dieciséis saetas, unidas en ocho parejas. El par de proyectiles estaba atado por un fino hilo estelar que contenía a su vez esencias del Sol y la Luna, del principio masculino y femenino, que ambos representaban. La primera caza álbica fue concebida para traer animales al mundo en vez de sustraérselos. Cada tirador celeste había de disparar sus parejas de flechas, que, una vez arrojadas, se acabarían clavando sobre la tierra, la hierba, la madera o la piedra, se hundirían en el agua o se perderían en el cielo, para engendrar de ellas una pareja de animales. Así fueron surgiendo macho y hembra de cada una de las múltiples especies primigenias que pueblan el mundo, pues luego el tiempo iría transformándolas en la infinidad de variedades que hoy se conocen.

Antes de comenzar su larga marcha, algunos arrojaron flechas al océano, que al instante se convirtieron en ballenas, delfines o cangrejos; pero la mayoría de las especies marinas fueron engendradas por los muchos reflejos estelares que prefirieron el destino de sirénido al de albo terrestre.

Mientras avanzaban, empezó la Tierra a vibrar con aquella nueva forma de vida. Había de ser el animal inspirado por el carácter, el gusto, la manera de ser o la imaginación del albo que disparase las saetas. También influía su estado de ánimo en el momento del tiro. Así, debió de ser poderoso y fuerte el arquero álbico que originó la pareja de leones, sumiso y sufrido el que pensó a los asnos, o cantarín y melodioso el que hizo al jilguero. Pero Margald no dejaba de estar presente en aquel proceso, pues él, desde los espacios, actuaba como fuente principal de aquella inspiración, para que respondiera al ámbito y la función que les habría de tocar vivir y desempeñar sobre la Tierra, ordenándolos por especies y corrigiendo los errores de los albos. Margald era la fuerza del amor que movía el mundo, y nada nuevo sobre él podía quedar ajeno al que había comenzado toda la creación.

Así, las flechas se iban clavando en la superficie terrestre haciendo surgir los mamíferos, reptiles, insectos y otros animales terrenos. Otras que se perdieron en el cielo azul se transformaron en las aves que lo cruzan o en insectos voladores. Se hundieron muchas en ríos y lagos para habitarlos de peces y otros vivientes acuáticos; mientras que en sus orillas, algunas saetas perdidas se convirtieron en los seres anfibios cuya existencia pasaba indistintamente entre lo seco y las aguas.

Grande era el mundo por poblar y muchos los albos que dispararon sus flechas, aunque sin poder olvidar que la vida de algunos animales dependía de otros, como sucedía con los carnívoros.

El propio camino fue haciendo a los albos, que iban conociendo la Tierra. Muchos encontraban un lugar que les agradaba particularmente y allí se quedaban a vivir. Otros, la mayoría, deseaban llegar al poniente y ver morir el Sol, pues lo consideraban el final de su viaje. Hubo algunos que, como hicieran sus hermanos en el océano, escogieron algún río o lago para sumergirse en sus aguas, convirtiéndose con el tiempo en los ninfos y ninfas que habitan en las aguas dulces.

El mundo era joven y ahora tenía quien le habitase y recorriese de lado a lado. De esta manera, dicen los sabios, los albos llenaron el orbe de seres multicolores y de muy variadas formas de existencia, que lo poblaron cuan largo y ancho era, moviéndose, reproduciéndose, viviendo y finalmente muriendo. Toda esa nueva realidad fue fruto de aquella casi olvidada cacería álbica, en que las flechas que hoy son disparadas para matar fueron utilizadas para la vida.

Cuando algunos fueron llegando a las costas del océano del poniente, después de largas jornadas de marcha, comprendieron que de momento habían llegado al final de su camino y que debían esperar para cruzar aquellas aguas, mientras el Sol se ocultaba en el horizonte tiñendo de púrpura el cielo.

* * *

¡Qué hermosas pueden llegar a ser las mañanas de primavera! La naturaleza parece emanar vitalidad y alegría. Todo es verdor, luz y color. Si en la noche ha caído lluvia, sus gotas quedan en el ambiente como húmedo recuerdo del frescor nocturno. El bosque transpira plenitud y la vegetación desprende una intensa fragancia que parece ir más allá de sí misma, como si el don maravilloso de la vida se desbordase sobre ella poseído por un sentimiento intenso e inabarcable.

El ruiseñor, con su bonito canto, está dispuesto a adornar cualquier momento de la jornada, aunque es más pleno su trinar en el amanecer y las horas que se sumergen hacia la noche. El Sol estaba cerca de su plenitud en aquel despejado día de la estación. Pero pese a estar el astro tan cercano al cenit de su arco, aquel pequeño pájaro ponía toda su energía en cantar a la mañana. Quizás la aparición de aquellas tres figuras le era tan grata que debía de ser ese el motivo de la generosa entrega a su trino.

La terna de blancas siluetas se recortaba sobre el fondo de brillante verde, avanzando con armonía y encanto. La alba caminaba con cada uno de sus hijos de la mano, un varón y una fémina que flanqueaban a su madre en un apacible paseo por el bosque.

Era un bello trío, con sus vestiduras blancas rasgando el boscaje. Pero había algo en la madre que la hacía diferente de sus criaturas. Parecía emanar luz, y no solo de su clara indumentaria, sino también por su piel, sus cabellos, su mirada...; toda ella aparentaba guardar un resplandor especial, como retazos del brillo de una estrella. Sus hijos, aunque parecidos, tenían un ligero matiz de un color indefinido, que daba a su epidermis, su pelo y sus ojos una suave entonación que hacía sentir que por su sangre ya fluía la tierra, le vegetación, el aire y la vida de aquel mundo.

—Madre, ¿guardas recuerdos de tus primeros días, de cuando vivías en las estrellas? —preguntó el pequeño albo al ser de quien había nacido.

—No sé si aquello era vivir o existir. Mas, de todos modos, no recuerdo nada. Y aunque me acordara, no debería decíroslo —respondió la alba adulta—. ¿Recuerdas tú tus primeros días? Entonces eras un bebé. ¿Y de cuándo estabas en mi vientre?

El pequeño hizo un gesto negativo entre un leve silencio. Mientras, la madre señalaba a sus hijos una mata de hermosas fresas, y estos, soltándose de sus manos, se dispusieron a llenar la cesta y el saquito que portaban.

—Algo de todos modos quedó en mi mente, como a destellos —continuó la hermosa alba mientras, agachándose, ayudaba a sus cachorros en la recolección—. Me he bañado muchas veces en ríos, lagos..., pero en ninguna ocasión ha vuelto a ser como aquella primera vez en el mar. Fue algo tan bello sentir la vida... Había, pese a la frialdad de las aguas, una sensación de tibieza que me hacía experimentar algo nuevo y distinto. Me deslicé sobre la superficie más que nadé, mientras disfrutaba dejándome llevar por la pasión, como si fuese un pez, sintiendo el mar en torno a mi cuerpo. —Calló un momento la interlocutora—. Mas, Beni, hijo mío, hay cosas que una debe guardar para sí misma.

Continuaron paseando de manera despreocupada, llevando su pequeño cargamento, el cual irían incrementando poco a poco en su divagar, como si fuesen recogiendo pequeños regalos que les hacía el bosque.

—Aquel primer día parecía más que voláramos que anduviésemos o corriéramos. Era como si llevásemos alas en los pies —prosiguió la figura materna aparentando desear abrir aún más su corazón a las criaturas que había engendrado—. Pero de pronto nos deteníamos en algún lugar, un rincón hermoso y apacible. Todo venía a tu mente y a tu corazón cuando te disponías a tirar el par de flechas unidas. Había una fuerza superior que parecía entrar dentro de una y de pronto surgía la pareja de animales como la habíamos imaginado. Aunque había una extraña energía que actuaba en todo aquello. Algo que emanaba del ambiente de aquella primera jornada, como si Margald estuviese tejido entre el hilo dorado que unía las saetas, y... se le sentía en todo cuanto nos rodeaba. Era todo tan bello y misterioso... —Se detuvo un instante—. Perdonad, pero creo que os he contado demasiado. Me dejo llevar, y hay cosas que deben permanecer en la penumbra.

Sus pasos se confundían entre los rumores de la foresta.

—¿Y podrías decirme, Madre, alguno de los animales que surgieron de las flechas que tú disparaste? —interrogó ahora la albita, que parecía menor que el varón.

—Mi pequeña Yura, eres tan curiosa como tu hermano. Pero tampoco puedo contároslo a ninguno..., y en parte podría decir que también los he olvidado. Mas ninguna estirpe alba puede sentirse ligada a ningún animal, y menos arguyendo haber sido su origen. Tampoco los seres animados deben sentirse unidos a ningún grupo álbico concreto. Así lo dispuso Margald. Albos y animales son libres para multiplicarse y extenderse por la Tierra, sin ligaduras entre ambos.

Hubo un silencio mientras los tres personajes continuaban su paseo y recolección por el bosque. Se sentía la intensa fragancia primaveral que discurría entre las sombras de los árboles. Hacía calor y todo parecía emanar humedad. Desde los más profundos rincones, donde vibraban los sonidos de la vida, los troncos de la floresta se elevaban hacia el cielo entre la brisa y la melodía de los trinos de las aves.

—Lo que sí puedo contaros es lo que sentíamos ante este inmenso jardín que aparecía delante nosotros —siguió relatando la madre mientras sus hijos la escuchaban con atención—. La Tierra entera estaba limitada por las aguas para luego extenderse, llena de belleza, cubierta por el verdor y la frescura del mundo de las plantas, todo él transpirando vitalidad y misterio.

Luego, cogiendo las manos de sus hijos, las puso junto a las suyas apoyándolas extendidas sobre el tronco de un árbol.

—Sentid la rugosa corteza de este roble crecer hacia el cielo llevando toda la fuerza de la Tierra en su savia, mientras busca la luz —decía ahora la alba—. La existencia vegetal estaba allí, y con ella la vida, la tierra, las aguas, el viento y la luz.

A veces la primavera se hace sentir con una mezcla de belleza y dolor. Hay en ella tal anhelo de plenitud que parece desbordarse sin posibilidad de ser saciada.

—Aquel mundo se nos mostraba con sus mares, ríos, montañas y sus cambios —continúo la madre mirando a sus hijos—. Era una bella tierra por descubrir y las plantas, su más precioso vestido. La vegetación sigue siendo la gran desconocida, hermosa y llena de secretos. Mirad esa planta —exclamó señalando una pequeña y florida, de suave tono rosado, que recogió para guardarla a continuación en el saquito—. Ayuda a que conciliemos el sueño.

Después arrancó, mientras canturreaban, unas florecillas blancas y amarillas, poniéndoselas, a continuación, en su cabello y en los de sus hijos, que reían divertidos ante la animación de su madre.

—¡Y cuánto encanto hay entre la vegetación para adornar nuestras vidas! Los árboles, flores, hierbas, matorrales..., todas las plantas brotando para que conozcamos sus secretos y les pongamos nombres mientras nos alimentan, dan sombra y cobijo y acompañan con su frescor, fragancia y belleza. Aunque el mundo vegetal también cambia por nuestro paso y el de los animales que vinieron con nosotros transformando la existencia. Mientras, las plantas seguirán germinando en el intenso esplendor de la primavera a la que seguirán los calores del estío entre abundantes frutas. Después, el pardo otoño con sus hojas cayendo mientras brotan de la tierra las setas y los hongos asomando entre la caduca hojarasca. Descansando finalmente todo bajo la blanca capa invernal que se ha ido acercando lentamente entre las noches largas. Y luego volverá la naturaleza con su eterno proceso, su hermosa rutina que tanto nos acompaña.

La alba adulta, de pronto, se puso a danzar de manera despreocupada mientras entonaba una bella canción de los primeros días. Los hijos se unieron a ella entre risas, bailando con desenfado infantil. Repentinamente, la madre se tumbó sobre la hierba y, extendiendo los brazos, invitó a sus pequeños a acompañarla, con lo cual las tres figuras permanecían extendidas sobre el mullido piso del bosque.

—Sentid cómo vibra el suelo, la arena, las plantas, las raíces..., la tierra entera —continuó la hermosa alba—. Percibid bajo nosotros cómo se expande el corazón de Universo hacia los días largos y las noches cálidas. Luego se contraerá buscando el reposo de las breves jornadas bajo el manto helado.

Continuaron con su deambular por el bosque entre el murmullo de las ramas mecidas por el viento, el zumbido de los insectos y el trino de los pájaros.

Después, los tres personajes cruzaron por un hermoso campo donde las rojas manchas de las amapolas cubrían el inmenso verdor. Entre ellas crecían también flores blancas, amarillas, moradas, azules...

Más tarde, con el atardecer, el ruiseñor de nuevo cantaría animosamente sintiendo la proximidad de la noche. Y una bella y extraña calma iría llegando a aquel mundo al que los albos iban conociendo, amando y formando parte de él.

* * *

Aquella generación de albos, que había sido engendrada directamente desde las estrellas, fue diferente a todas las que le siguieron. Su poder era mayor, pues habían venido al orbe con una gran misión y, además, no habían de morir en aquella tierra a la que habían llevado tanta vida. Después de habitar largos años en el mundo, mucho más que sus hijos, sentando los cimientos de su preciosa forma de existencia, cuando creyeron cercana la hora, partieron hacia el océano del crepúsculo, al oeste, para sumergirse en sus aguas y encontrarse con su padre, el Sol, en su gran mansión, donde dicen que vivirán acompañándolo hasta el final de los tiempos.

Poco a poco, fueron los albos perdiendo la influencia de las estrellas y echando raíces sobre la Tierra. Aquella generación primigenia sentó las bases de lo que fue el mundo álbico, que era en cierto modo un reflejo de la conciencia de Margald extendida por el orbe. Fueron aquellos primeros albos de hermosas facciones, cuerpos esbeltos, bien torneados, y elevada estatura. La piel, casi tan clara como la leche, y su cabello, que oscilaba entre el blanco y el plateado, parecían resplandecer recordando la luz estelar de donde procedían. Sería el contacto con la tierra y el paso del tiempo los que irían dando a sus descendientes matices de color a su epidermis y su pelo. Aunque, al final de sus días, vuelvan sus cabelleras a tornarse de blanco, como si presintieran la muerte y el retorno a los astros.

Podían los albos haberse llamado "teladigos", que venía a significar en su lengua "los que vienen de las estrellas". Pero su aspecto blanquecino y lo níveo de sus ropas, además del hecho de considerarse parte del alba o gran amanecer del mundo, les hizo escoger aquella manera de nombrarse.

Las generaciones que siguieron a los que originariamente vinieron de los luceros no ponían término a su tiempo partiendo hacia el gran crepúsculo del océano de occidente. Sus días, que eran muchos, pues largas eran sus vidas, acababan con la muerte, que ellos consideraban como una vuelta a las estrellas hasta el fin de las jornadas del mundo. Pero no sentían la muerte con horror, ni la temían; la asumían como un tránsito hacia un más allá que comenzaba cuando sus cadáveres se consumían en las hogueras a la luz del atardecer.

Con alegría, inteligencia y buena voluntad fueron construyendo una nueva forma de existencia sobre la propia vida, y con entusiasmo se encontraron con el conocimiento de las múltiples variedades de esta. Estudiaron los elementos de la tierra, el agua, los minerales; analizaron las plantas y vegetales; observaron las formas de realizarse en los seres vivos que ellos mismos habían creado. Además, los albos gozaban de poderes que no han llegado a los humanos, pues conocían el lenguaje de los animales y sabían comprender los misterios de la naturaleza e interpretar sus silencios. Sus mentes y cuerpos, además, poseían energías que el tiempo poco a poco iría limando. El mundo era entonces rico, variado y estaba vivo, y los albos, bajados de los astros a la Tierra para habitarla, mensajeros de los designios divinos y vigilantes del equilibrio y la vida en el mundo, eran conscientes de aquel vergel y por eso eran felices en su labor.

Sus costumbres, según se habituaban a la existencia en el mundo, cada vez se parecieron más a las de los humanos de hoy; o quizás debiera decirse lo contrario. Construyeron las primeras casas sobre el orbe, en un principio de madera, pero luego recurrieron a la piedra y materiales más sofisticados, resultando sus mansiones de gran belleza dentro de su sencillez. Vivían, normalmente, en pequeños y tranquilos poblados, situados en muy distintos lugares de la Tierra, por lo cual su vida, según las zonas, se mantenía por muy diferentes recursos. Con el tiempo, algunas de estas poblaciones crecieron, si bien nunca constituyesen ciudades; pero sí pasaron del ámbito familiar de las primeras a pequeños pueblos con su organización particular. Además, si bien el mundo era amplio, acabaron todos buscando las zonas donde la naturaleza era más rica y el clima más agradable, aunque sin perder su capacidad de adaptación al terreno, pues sabían confraternizar con él y sacar sus riquezas sin que esta perdiera su particular equilibrio.

* * *

Atardecía sobre la aldea. Había llovido tiempo antes, pero poco después un animoso viento fue alejando las nubes y despejando el firmamento. El caracol avanzaba lentamente por una rama todavía húmeda, mientras un solitario pájaro cantaba con su dulce trino, llenando de melancólica belleza los púrpuras y carmesíes del cielo crepuscular.

Dánvar y Gandara habían reunido a muchos de sus descendientes ante la gran cabaña familiar. Aquellos originarios albos de la primera cacería habían vivido largo tiempo viendo nacer y crecer varias generaciones ante sí. También había contemplado cómo cambiaban y envejecían, incluso morían, mientras ellos seguían manteniendo aquella hermosa palidez que daba a sus rostros el brillo de las estrellas, enmarcados por sus largas cabelleras de plata, y en sus ojos permanecía una claridad de la que parecía emanar luz. Pero el aspecto de sus sucesores había ido adquiriendo una tonalidad más terrena, como queriendo expresar que aquel mundo iba penetrando en ellos mientras se alejaban del recuerdo de los astros.

En aquel orbe casi perfecto de los primeros días la gran mayoría de los albos y albas encontraron sus respectivas parejas y se fueron multiplicando por la Tierra. Así, la gran familia de Dánvar y Gandara allí congregada iba entrando en la mansión de sus progenitores, tan sencilla como confortable y de hermosa factura, para disponerse a cenar. Muchos habían venido de muy lejos, con lo que todos suponían la importancia de aquella ocasión.

Abundaba la comida y la bebida sobre la gran mesa, pero destacaban unas tortas de color blanquecino y aspecto sabroso.

—¿Qué extraña comida es esa? —preguntó una de las albas más pequeñas.

—Es el pan de estrellas, Selmara —respondió Gandara—. Solo alguno de los mayores de entre vosotros quizá pueda recordarlo. Era nuestra comida en los primeros días, cuando los animales no se podían cazar, porque, aunque se reprodujeron con generosidad, aún eran escasos para poblar la Tierra, y no conocíamos lo bastante los alimentos vegetales ni el cultivo de los campos. Fue nuestro alimento inicial, nuestra dieta principal mientras conocíamos el mundo.

Entonces, los hijos mayores comprendieron que aquello era una cena de despedida, y algunos no pudieron evitar que en sus ojos afloraran las lágrimas. Igual que el agua brota como una fuente de las profundidades, surgía el llanto de aquellos corazones nacidos en la Tierra.

Tras ofrecer los alimentos al Creador, comenzaron a comer, mientras las conversaciones y las preguntas fueron ocupando sus silencios. En cierto momento, un pequeño, que ya intuía la pronta partida de los fundadores de su estirpe, les interrogó sobre cuáles habían sido los animales que habían traído al mundo con sus flechas.

—Es un secreto que debemos llevar con nosotros —respondió Dánvar. Tan solo te diré que, entre otros, tu bisabuela creó una pareja de aves de bello canto y yo a unos mamíferos de gallardo porte. Pero debes ser consciente de que lo que más abundan son los insectos y los peces, y, si es así, es porque creíamos que eran muy necesarios, pese a su pequeñez, para el desarrollo de la naturaleza.

Nadie sabía a ciencia cierta cuál era la señal o motivo que animaba a los primeros albos a tomar la decisión de partir hacia el crepúsculo. Al día siguiente de aquella cena se reunieron con los vecinos de la aldea y celebraron una gran fiesta. Otras dos parejas de albos iban a marchar junto a Dánvar y Gandara en busca de su más allá, donde moría el Sol. Y entre la alegría del festejo, las bellas canciones y los bailes, como un hilo que se hilvana en un tejido nuevo, se invitaban la tristeza y las lágrimas representando a las emociones del mundo.

A la mañana siguiente, aún sin despuntar el Sol, la pareja de albos se vistió con la ropa de aquel primer día, durante años guardada en un rincón, y también cogieron el arco y el carcaj de aquella jornada inicial tan opuesta a una cacería. Se preparaban en silencio, no queriendo despertar a nadie, pero la pequeña Salmara se despabiló y llorando se echó en brazos de sus progenitores.

Ver partir para siempre a los que se quiere, aunque se sepa que se dirigen a un destino que debe de ser dichoso, era un sentimiento doloroso para los nuevos albos. Y pese a que habría un tiempo nuevo donde podrían todos reunirse, los hijos, nietos y demás que se despertaron no pudieron evitar derramar lágrimas, que trataban de disimular entre fingidas sonrisas.

El cielo empezaba a clarear a sus espaldas cuando los seis albos y una cabalgadura, pues estas eran muy escasas en aquellos tiempos, comenzaron la marcha. Fueron muchas las jornadas que hicieron, así como los nuevos y bellos parajes que iban conociendo. Todos los días veían caer el Sol delante de ellos y hacia él dirigían sus ojos y sus pensamientos, aunque a veces no podían evitar recordar lo que habían dejado atrás, sobre todo a sus seres queridos. Pero un extraño instinto les guiaba y parecía dirigir sus pasos hacia un lugar conocido, mientras cruzaban ríos, bosques, colinas, campos y aldeas. Hasta que un día sintieron el mar, reconociendo su olor y frescura, y finalmente lo vieron ante sí, de nuevo tan hermoso como en aquella primera y única ocasión. Sobrecogidos todavía por aquella inmensidad y los melancólicos recuerdos, llegaron, siguiendo la línea costera, a una aldea que había junto a una extensa playa. En ella sus habitantes parecían dedicarse a la pesca y la construcción de barcos.

—Bienvenidos, albos de los primeros tiempos —les saludó un individuo ya maduro, de ojos azules como el mar y una rubia cabellera que iba desapareciendo entre plateadas canas—. Desconozco qué es lo que os conduce hasta este lugar de entre la inmensidad de la costa. Mi nombre es Yanguas, y heredé de mis padres, albos primigenios como vosotros, el arte de hacer barcos.

Con un gesto dirigió la mirada de los recién llegados hacia su pueblo y los astilleros playeros. Los viajeros le dieron las gracias y se presentaron. Luego, el albo oriundo continuó:

—Muchos han sido los que como vosotros vinieron hasta aquí, y con ellos construimos las naves con las que partieron hacia el gran Poniente. También mis padres lo hicieron cuando creyeron que ya habíamos dominado el arte de construir los barcos.

Hablando amigablemente llegaron a la población, y albos de una y otra condición les saludaban, aunque no dejasen por ello de realizar la labor que les ocupaba.

—Debéis participar en la construcción de las embarcaciones en las que habéis de partir, y como hay un par de ellas empezadas, podréis uniros a su elaboración —contaba Yanguas, al que parecía gustar explicar todo—. Aunque la última palabra la tiene el tiempo, pues se debe botar la nave en una noche estrellada, igual a aquella en la que los primeros albos llegasteis al mundo.

Una joven alba de hermosa cabellera rojiza se acercó al grupo saludándoles mientras decía:

—Bienvenidos, hermanos albos. Soy Landa, y me complacería mucho alojaros en mi casa mientras se construye vuestro barco y partís. No seréis los primeros albos primigenios que disfrutan de mi humilde hogar. Pasan por aquí tantos..., y la aldea es pequeña.

Aceptaron encantados los recién llegados la gentil invitación, agradeciendo tanta hospitalidad.

Durante unos días participaron en lo que aún quedaba por construir de su nave, así como también colaboraron en las jornadas de pesca y otros trabajos que mantenían la supervivencia de la población.

Un atardecer en que volvían de pescar con abundante captura, un aldeano, llamado Salvio, les comentó a Dánvar y sus compañeros:

—¿Sabéis?, he visto partir muchas embarcaciones, como en la que vosotros lo haréis en breve —comenzó expresándose con curiosidad—. Mis ojos estaban clavados en ellas mientras las contemplaba dirigirse hacia el horizonte. Pero a ninguna he visto llegar a perderse en esa lejana línea. Unas veces venía hacia ellas una densa niebla y otras el cielo parecía llenarse de reflejos y luces que impedían vislumbrar el rumbo de la nave. En algunas ocasiones, la noche cayó antes de que pudiéramos perder su vista. Cualquiera del pueblo podría decirte lo mismo. El misterio envuelve vuestra travesía.

Poco tiempo después, un bajel de vela cuadrangular y esbelta factura se alzaba gallardamente sobre la playa, preparado para el viaje hacia el poniente. Todo en él era de un intenso blanco, incluida la lona, pues todo el maderamen había sido pintado de aquel color, ya que formaba parte del ceremonial del viaje.

Hubo un día de intensa lluvia, pero al siguiente clareó trayendo tras de sí una noche densamente estrellada. Bajo aquel firmamento, la nave fue arrastrada por el amplio arenal entre todos e introducida en el mar para recibir su botadura. La futura tripulación salpicaba la embarcación remojando sus lomos de madera, a la vez que cantaban acompañando el ritual. Luego, ya en bajamar, navegaron hasta la bahía, que había al lado opuesto del pueblecito, donde dejaron su barco en el pequeño muelle que servía de amarre a los navíos de mayor porte como el suyo.

Pero, según transcurría la noche, un fuerte viento vino del océano, arrastrando nubarrones con él, y amaneció con el mar revuelto por el oleaje y bajo un cielo tormentoso. Mas al atardecer la tempestad había amainado, y si un aire había traído las nubes, otro se las llevó, volviendo a tornarse azul el firmamento.

—Partamos ya, ahora que está el mar en calma —se dijeron los futuros navegantes.

—¿Por qué no esperáis a mañana temprano y así tenéis luz para vuestra primera jornada de navegación? —advirtió Yanguas.

—¡Qué más da! —contestó resuelto Dánvar—. Nuestro viaje es largo y tendremos que navegar tanto de día como de noche. Si nos dirigimos hacia el ocaso, partamos con el ocaso.

El barco soltó amarras bajo un cielo que se iba tiñendo de púrpuras, violáceos y dorados. Los brazos de unos y de otros se agitaron tanto en la embarcación como en el pequeño muelle, con un gesto de adiós, mientras en ambos lugares se entonaban cánticos de despedida. Una vez más los habitantes de aquella población costera veían partir una nave hacia el crepúsculo. Y de nuevo se quedarían sin verla llegar hasta su línea de horizonte, esta vez por que empezaban a caer puntuales las sombras nocturnas.

* * *

Los albos, como su nombre indica, vestían siempre de blanco o, si acaso, en tonos tan pálidos que bien podían considerarse de ese mismo color. Veían en ello una forma de sentirse todavía unidos a su origen estelar. Confeccionaban hermosos y finos trajes de un hilo muy sutil y resistente a la vez, cuya calidad se debía a delicadas técnicas, que por desgracia no llegaron a nuestros días. El paño de sus capas y sobretodos era tan fuerte como ligero y abrigado, protegiendo de los tiempos más insoportables. También utilizaron las pieles de los animales para hacer un refinado cuero; pero normalmente solo lo fabricaban aprovechando las pieles de aquellos seres que mataban para alimentarse.

Muchas de sus costumbres se asemejaban a las que luego heredamos los humanos, pues, como nosotros, fueron los dueños de la

Tierra. Aprendieron a fabricar artilugios y herramientas de gran calidad, pues sabían tallar con maestría la madera, así como obtener y modelar diversos tipos de metales. También conocieron la cerámica y el vidrio, a los que siempre dieron un bonito y refinado tratamiento. Y dentro de su experiencia industrial no desestimaron las joyas, confeccionadas con gemas y metales preciosos, pero en las que buscaban siempre más la belleza y adornar la vida diaria que la ostentación y el lujo.

Pronto roturaron campos de cultivos y crearon las primeras huertas, y, cuando los animales fueron muchos, practicaron el pastoreo y la caza. También aprendieron a domesticar a las bestias para que les ayudaran en las rudas tareas del campo y el transporte, comenzando ya la estrecha relación que más tarde volvería a establecerse entre los hombres con el perro, el caballo y otros animales. Y como venían de las aguas, no temieron adentrarse en los ríos, lagos y mares para pescar y viajar.

Conocieron muchas de las propiedades de las plantas, tanto para aplicarlas a la comida y a la bebida como a la medicina. Fueron hábiles en la cocina, y aunque hasta que no hubo abundancia de animales no acostumbraban a probar la carne, su dieta era bastante variada. Gustaban de los dulces, pues les agradaba mucho la miel, ya que conocieron el arte de la apicultura, y confeccionaban sabrosas y variadas harinas con las que hacían la más delicada repostería que jamás se haya conocido, y que era además muy apreciada para su alimentación junto con las frutas silvestres. También hacían sutiles bebidas, aromáticos elixires y exquisitos licores, aunque no solían caer bajo los vapores del alcohol. En cuanto a su botica y remedios curativos, como eran buenos conocedores de la naturaleza, supieron aprovecharla con una maestría que no parece haber sido superada. Aficionados, así mismo, a los perfumes, los fabricaron sabiendo reflejar en ellos el intenso olor de las flores y el fresco aroma de los bosques tras la lluvia, de la tierra mojada y de los arroyos bajando tras el deshielo.

Pero todo esto no habría podido conseguirse, ni habría tenido su gran dimensión, si los albos no hubieran traído al mundo el lenguaje. Con ellos vino a la Tierra la palabra, y con ella pudieron poner nombre a las cosas que en ella había. Eso fue lo más valioso que trajeron, y que hizo al mundo tomar consciencia de sí mismo y de que había un vocablo, amor, que era el motor de toda aquella luz y toda aquella vida, y que albergaba en la esencia de Margald, principio de todas las cosas.

Con el habla vino después la escritura, que tomó forma en libros y pergaminos donde plasmaron sus conocimientos de la realidad y la naturaleza, así como sus abundantes poemas y relatos del legendario mundo de los diferentes pueblos albos, así como de los misterios de la Tierra y del corazón.

También encontraron sus letras el camino en las tradiciones habladas al resplandor de los luceros o en las canciones que alegraban sus veladas y bailes. Gustaban de tocar la flauta y tañer la lira, el arpa y otros instrumentos que no han llegado a nosotros, pero que sirvieron para poner alegría, belleza y armonía en sus vidas. Artísticos, imaginativos y de gran sensibilidad, supieron dar a cuanto les rodeaba y a sus costumbres formas tan sencillas como hermosas.

El espíritu universal que unía a todos los albos era fruto de un pacto entre el mundo, ellos y Margald que, sin estar escrito, se asumía generación tras generación. Mas eran, sobre todo sus sabios y pensadores, quienes solían decantarse entre los más ancianos, los que acostumbraban a entregarse enteramente a conservar el fulgor de aquella llama, mientras que poetas y bardos sublimaban aquellos sentimientos profundos hablando sobre el ser, la existencia o el orbe o cantando a la vida, la naturaleza o al amor. Y no faltaban quienes, en la noche, indagaban mirando a las estrellas, pues al fin y al cabo de ellas venían, y levantaron lugares para su contemplación y meditación a cielo abierto, bajo el Sol, la Luna y los astros, en donde el orante se encontraba consigo mismo y con el espíritu infinito de Margald.

Para finalizar, diremos que los albos eran grandes viajeros, por lo cual mantenían siempre viva la comunicación y la relación entre sus distintos pueblos. Buenos jinetes y caminantes, valientes navegantes, el mundo fue amplio y abierto en sus días. No había miedo entre ellos, y sí mucha sinceridad y alegría. Pero aquel tiempo estaba bordado con un delicado hilo que podía romperse y mostrar realidades terribles que convertirían aquellos días en tiempos añorados e irrecuperables.

* * *

El bosque había quedado atrás. Mientras anduvo rodeado por la densa espesura de los troncos y ramajes, pese a la furia blanca que descargaba la tormenta de nieve azotando y removiendo aquella masa de pinos y abetos, él había avanzado relativamente protegido. Pero ahora, al filo de aquellos picos desolados, donde no había más que algún gélido saliente donde resguardase, la tempestad se había convertido en un terrible suplicio que, poco a poco, detenía su mar-

cha y le iba abotargando, con intenso dolor, todos los miembros de
su cuerpo. El viento le estaba fustigando hasta convertirle en una
frágil y dolorida figura, que parecía sufrir aquel azote como un cas-
tigo del destino.

¿Tanto dolor y tanto esfuerzo merecían la pena? Aunque ¿qué
era la vida? Esa pregunta, o mejor, esa incertidumbre en el ánimo,
era la que allí le había llevado.

Hubo un tiempo, siendo muy pequeño, en que aún no habían
aflorado en él aquellos extraños pensamientos. Pero creció, y con
ello también esas ideas y sentimientos. La sensación de monotonía,
insatisfacción, inquietud, el mirar al cielo y buscar sin saber el qué,
pero buscar. ¿Pensarían así otros albos? ¿Sentirían así?

Un día decidió partir, tocar las estrellas, alcanzar el infinito, subir a las altas montañas donde debía de sentirse cerca la inmensidad del firmamento. Si pudiera volar.

¿Por qué los albos no podían volar, si ellos habían creado a las
aves? Y es que era difuso el destino de los albos. Aunque no estaba
bien pensar así. Sentir así.

Algo en él le arrastraba hacía las heladoras cumbres. Mientras
avanzaba bajo la bóveda blanca de los abetos cubiertos de nieve le
parecía escuchar como un lamento, una llamada que le instaba a seguir sin importarle la terrible tempestad que agitaba las copas de los
árboles sobre él, como si estuvieran presas en un baile tan histérico
como misterioso.

¿Es que algún antepasado suyo sería el que había lanzado las flechas de las que surgió la primera pareja de íbices o de muflones?
¿Por qué esa atracción hacia las alturas, por alcanzar los luceros,
que no encontraba en otros albos que había conocido? Era esa la
razón que le asolaba el corazón. Sus antecesores habían venido al
mundo para sembrarlo de animales, y les siguieron otras generaciones que poco a poco fueron asentando las raíces de la existencia de
los albos. Pero en la época que a él le había tocado vivir no parecía
haber ni objetivo ni horizonte. Ese ánimo de no tener un deber que
cumplir para el mañana había hecho surgir en muchos de ellos una
sensación de incertidumbre y gusto por la melancolía. Según los albos se iban enraizando a la tierra, surgían también los sentimientos
de insatisfacción, monotonía y no encontrar sentido a la existencia.
O al menos eso pensaba él. Y por ello había abandonado su aldea,
se había echado a los caminos buscando las más altas montañas, y,
cuando vio un horizonte surcado por los blancos dientes de sierra

en una cordillera nevada, se dirigió hacia ella, lleno de satisfacción, olvidando todas las penalidades del camino que hasta entonces había recorrido. Anhelaba el infinito, alcanzar las estrellas, y la desesperación de sus pensamientos anteriores se la llevaba ahora ligera la brisa, mientras se alejaba de aquellos con sus animosos pasos. Y, por eso, ¿qué importaba ya su nombre si buscaba desaparecer entre miles de astros?

Pero ahora él se mecía contra el vendaval y a punto estaba de ser empujado hacia los terribles barrancos, que, aun imperceptibles por la ventisca, le amenazaban con tragarle entre sus dientes de hielo.

"Debo de estar cerca de una cumbre —pensó al llegar a un lugar donde aún batía más la tempestad—. Si aún estoy vivo es porque Margald no quiere que marche hacia la mansión celeste. Pero este frío... Me siento incapaz ya de resistirlo, mis piernas se hunden, el viento me azota con la nieve helada y mi cuerpo ya está aterido entre esta ropa congelada".

Se preguntaba a sí mismo cómo podía moverse y hasta pensar. Desesperado, dirigió sus helados dedos al cinturón. De allí colgaba el hermoso cuerno recamado con adornos de oro que su padre le había traspasado, pues era una lejana herencia de familia. Y lo hizo sonar fuerte y arrogante. Como un grito en el que se confundía el anhelo de auxilio y el orgullo de haber llegado hasta allí en aquellas condiciones.

Tres veces lo tañó y luego cayó rendido, acurrucándose entre unos montículos de nieve donde creyó encontrar algún resguardo. De pronto, vio un ligero resplandor, primero lejano, luego más próximo y finalmente frente a él. Una hermosa alba había aparecido a su lado llenándolo de luz, mientras emanaba de ella una tibia y dulce atmósfera que quebraba aquel entorno terrible y helado.

—¿Me has llamado? —preguntó la hermosa alba, que, viéndole tan sorprendido, continuó—: Aunque siempre estuve a tu lado, porque sigo tus pasos.

—¿Quién eres? —interrogó el joven albo desconcertado—. ¿Te conozco?

—De cerca te he seguido, aunque no te dieras cuenta. ¿No me reconoces?

Había algo en aquel rostro que le resultaba familiar. ¿Quizás aquella muchacha de su aldea en la que se había fijado tantas veces? Pero parecía distinta, más hermosa, más celestial, quizás como una de aquellas albas de los primeros tiempos, radiantes y bellas como las estrellas.

—¿Estoy muerto ya?

—¿Acaso los muertos besan? —Y la encantadora fémina acercó sus labios a los de él, y una fuerza emergió dentro de su ser, reavivándole—. Mira ahora —le dijo ella de nuevo.

Repentinamente, el tiempo había cambiado, la ventisca se alejaba veloz, las nubes cruzaban raudas, alejándose y dejando ver una magnífica Luna llena, hasta hacía unos instantes inimaginable. Pero lo más maravilloso era la luz de esta reflejándose por todas las heladas crestas y picos que le rodeaban. Desde la atalaya sobre la que se encontraba, aquel mundo de montañas se le mostraba como el lugar más hermoso que pudiera nunca antes imaginarse, bañado todo por aquella incandescencia benefactora cuya sinuosa languidez le embargaba con sensaciones reconfortantes e intimistas.

—¿Deseas morir ahora? —le volvió a preguntar la bella alba, y señalando hacia su cuerno de caza le dijo—: Anda, vuelve a tocarlo.

Y, levantándose, el albo alzó su cabeza y sopló su trompa, que sonó como un tañido de alegría e infinitud sobre aquel magnífico paraje bañado por la luz.

*   *   *

Las estrellas del cielo se reflejan en nuestros ojos como en las aguas oscuras de un lago en la noche. Pero hay otros astros que brillan en el interior de los pliegues de nuestro corazón, reflejando el firmamento de nuestras vidas y alentando con su titilar anhelos y sentimientos. Frágil es el hilo que teje el candor de estos luceros y, cuando desaparecen, dejan un oscuro silencio donde se ahogan ilusiones y esperanzas. Estas estrellas también se reflejan en nuestros ojos, insinuándose en el interior de nuestra mirada.

CAPÍTULO IV

EL RESPLANDOR
DE LA ESTRELLA ÁLBICA

E ra una noche de comienzos de verano. Chagros, un viejo albo, había acabado convirtiéndose en un experto cazador que amaba los bosques como a sí mismo. Sus muchos viajes le habían permitido conocer las diferentes formas en que se vestía la selva en las distintas regiones. Sus árboles, sus animales, sus sonidos…, y aún, pese a tantas diferencias como había experimentado, sentía a todas igual de bellas, profundas y misteriosas. Como a una hermosa alba a la que nunca se llega a descubrir y se la ama y respeta por ese secreto del que siempre quedará algo por desvelar.

Le acompañaba Mitlan, un albo algo más joven que él, y el hijo de este, Güelmir, un pequeño deseoso de vivir y conocer cosas nuevas.

El aire cálido y húmedo parecía envolverlo todo en aquella breve noche. Había caído una gran tormenta por la tarde, y el suelo, todavía embarrado, transpiraba humedad a la luz de una luna llena, luminosa y rojiza.

La tormenta y el andar de aquí para allá enseñando a Güélmir los secretos del bosque habían dilatado el paseo, y la noche, aunque efímera, había llegado cogiéndoles desprevenidos fuera del poblado. La excursión no había sido muy provechosa cinegéticamente; tan solo unas piezas pequeñas, pero tampoco llevaban cabalgaduras para cargar grandes animales. El atardecer les había alcanzado bajo una roca, resguardándose allí del chaparrón. Por ello Chagros, aunque conocía la selva, se dio cuenta de que se había perdido y sus experimentados ojos buscaban señales a la luz de la nocturna dama.

Pasaba ya la medianoche y, tras un largo camino atisbando entre las sombras, vieron unos extraños destellos entre unos árboles. Aquellos resplandores no eran de luciérnagas, como se hubiese podido pensar en aquella época del año. Sus cambiantes tonos rojos, azulados, blancos y amarillos, sus constantes intermitencias y el tamaño de las mismas luces les daban un aspecto ciertamente sobrenatural.

—¡Por Margald! Eso debe de ser un erebo —exclamó Chagros.

—¿Qué es eso? —le preguntó Mitlan lleno de inquietud.

—Algo de lo que he oído hablar pero nunca había visto —respondió su experimentado compañero bajando la voz—. Escondámonos entre aquellos matorrales. Desconozco cómo pueden reaccionar esos seres.

—¿Son peligrosos? —indagó el padre del zagal.

—No lo sé, pero es mejor no tenerlo que averiguar.

Aquel ente tenía la apariencia de un albo, o, mejor aún, de una alba, manteniendo todavía en la piel y en el cabello aquella claridad de los primeros tiempos. Era muy hermosa, pero había algo en su aspecto que parecía terriblemente indefinido e inquietante. Irradiaba una extraña luz que producía sobre los objetos que iluminaban aquellas tonalidades azules, verdosas y rojizas. Sus movimientos eran ágiles, graciosos y bellos, pero a la vez eran caprichosos, cambiantes e histéricos, y de una gran armonía pasaban en un instante a una compleja distorsión, como si lo que hiciera por unos momentos parecer tan bello y grácil se volviera un caos de sensaciones. Tan pronto se apoyaba sobre un árbol y desaparecía entre el tronco y sus ramas completamente mimetizado en él, tan solo visible por el resplandor, como luego corría como un desenfrenado destello luminoso entre la vegetación. Gestos descontrolados, alocados movimientos, andar, saltar, vibrar, todo a la vez lo hacía y deshacía. Era difícil definirlo, pues denotaba una energía sobrenatural, distinta al mundo, pero que fluía en ella como sin saber hacia dónde dirigirla. Su comportamiento produjo en los tres albos una confusión de sentimientos: admiración, extrañeza, miedo y pena a la vez.

Así estuvo un buen rato, pasando algunas veces al lado suyo, haciéndoles temblar, pues temían que si descubría su presencia, les perjudicase de alguna forma terrible. Pero aunque en sus movimientos convulsos parecía que les iba a rozar, no les vio ni sintió, y al cabo de un buen rato de sorprenderles con su repertorio de rarezas, desapareció de forma tan misteriosa como había surgido.

Largo pasó el tiempo y, en silencio, después de incorporarse, los tres albos salieron del escondite. Cuando lo hicieron, despacio y con precaución, tras un rato de murmullos interrogantes sobre lo que habían de hacer, Chagros, tomando la iniciativa como albo veterano, dijo:

—Sigamos este camino. Creo que vamos bien, y además es el opuesto al que llevaba el erebo.

—¡Qué ser más extraño! —exclamó Güelmir—. Me daba muchísimo miedo y a la vez me hacía sentir una gran tristeza, como si fuese muy desgraciada. Aunque hubo un momento en que casi me hacía reír.

—Sí —dijo su padre—. Era terrible y patético a la vez. Nunca había oído hablar de ellos, y espero no volverme a encontrar otro de nuevo. Dime, Chagros, ¿de dónde salen seres tan excepcionales?

—Según cuenta la leyenda, ellos son albos que se negaron a serlo. Sucedió en aquella primera cacería nocturna, después de que las estrellas se reflejaran en las aguas y surgiesen los albos. Ellos, los primeros albos, no eran como nosotros; tenían unos poderes y una energía especiales, parte de los cuales sabían que desaparecerían tras arrojar las flechas de su carcaj. Y entonces sucedió que algunos de aquellos antepasados temieron arrojar sus saetas, que eran ocho parejas, o echaron alguna, y al sentir que perdían parte de su fuerza no quisieron continuar arrojándolas. Así anduvieron, errantes, sin querer cumplir su cometido por miedo o egoísmo. Pero llegó el Sol, amaneció sobre su aljaba y las flechas pesaron terriblemente y tuvieron que arrojarlas al suelo, dejando a los que las llevaban marcados por un terrible designio. Vivirían en un estado intermedio, otra dimensión, pues estaban constreñidos a su condición estelar, pero a la vez esclavos de aquellos lugares sobre los que se detuvieron bajo el peso de su carcaj. Nunca pudieron viajar al gran crepúsculo y se convirtieron en criaturas extrañas, mitad espíritu, mitad carne, y prisioneras de ciertos parajes, ya fuesen lagos, bosques, montañas, etcétera. Estos son los erebos, los que habitan entre dos mundos, sin pertenecer plenamente a ninguno. Se pueden metamorfosear, tomar el aspecto de extraños animales, fundirse con el paisaje, mezclarse con la tierra aparentemente, pero nunca encuentran la calma y la dicha, y quizás estén condenados a esa condición hasta el fin de los tiempos. Los albos que los han conocido hablaban de ellos con temor, pero a la vez sentían lastima, ya que por miedo o egoísmo no habían podido cumplir su sino y, en cierto modo, eran siervos de su entorno, donde vivían como enloquecidos.

Hubo un breve silencio en el que se dejaron oír tan solo sus pasos sigilosos y el ruido del ramaje que se agitaba a su paso. Después, Mitlan, como si se acordara de algo, tras una larga reflexión, preguntó:

—Tal como has contado la historia, se diría que la primera cacería de los albos sobre el mundo transcurrió en una única noche, y que fue aquel primer amanecer el que condenó a los erebos. ¿Es que acaso bastó una sola noche a los primeros albos para salvar la distancia entre las dos orillas, la oriental y la occidental, de la Tierra y poder arrojar en ambas sus flechas?

—No has entendido nada, albo cabezota —respondió el viejo cazador con tono enfurruñado—. Además, aquellos albos no eran como nosotros, venían directamente de las estrellas, y las distancias no eran impedimentos. Pero lo que marcó el destino de los erebos —continúo Chagros— no fueron los rayos del Sol, sino que sus mentes se enturbiaron con el pensamiento de no querer perder el poder que parecía emanar de sus saetas. Por ello las reservaron para sí mismos, hasta que estas pesaron tanto sobre ellos que acabaron atrapados por aquellas y el trágico destino que ocultaban. Ese es el drama de esos seres, y esto nos debería hacer pensar en que hay misterios que nos superan, cosas que siempre desconoceremos.

Tras aquella última frase, los otros dos callaron como si hubieran aceptado sin dudas aquella rotunda afirmación. Caminaban así los tres albos, en silencio, por aquel bello bosque a la luz de la luna de verano. Luego, el mayor de ellos volvió a darle a la lengua, entreteniendo la marcha con su amena charla. De pronto, sintieron un ligero ruido detrás de ellos y miraron hacia atrás llenos de recelo.

Allí estaba la erebo, mirándoles con su gesto inquietante e indefinido. Un extraño sentimiento cruzó las espaldas de los tres albos, en el que se mezclaban el miedo, la curiosidad y la incertidumbre ante lo desconocido.

* * *

Desde que los albos habían llegado a la Tierra el mundo estaba bajo el benéfico influjo de la estrella álbica, y la representaban simbólicamente como un lucero de ocho puntas. Era blanca, pues este era considerado el color de la luz, y los ocho picos representaban su dominio sobre el espacio y el tiempo en la Tierra. Cuatro para los puntos cardinales e igual número para las estaciones del año, representando uno y otro respectivamente. Gustaban de pintarlas sobre el umbral de sus puertas, en las lindes del camino o en cualquier lugar donde quisieran demostrar su presencia, o, como lo consideraban un emblema benéfico, desear con ella buena suerte.

* * *

El mirlo descendió cauteloso dejándose caer de rama en rama hasta el verdor del terreno, sobre el que anduvo dando saltitos. El caminante, con los pies metidos en las frías aguas del arroyo, lo contemplaba complacido. La pequeña y negra figura del pájaro metía su anaranjado pico en aquel regato. Era un bello paraje: el esplendor de la hierba, la densa fronda, la pequeña cascada que caía entre rocas cubiertas de musgo; el viejo caminante sentado y con aspecto cansado disfrutaba de la belleza de aquel entorno. El ave empezó a cantar con su armonioso trino, y otro sonido le respondió lejano, aunque pronto se convirtió en una bella melodía que parecía surgir de una flauta. Al poco apareció por un recodo de la senda un joven albo, alto y gallardo, aunque de aspecto algo desaliñado. Sobre sus vestiduras blancas se cubría, a modo de capa, con una piel de ciervo. El personaje se sobresaltó y dejó de tocar su instrumento cuando vio al caminante, pero este le saludó cordialmente diciendo:

—Buen día y bella música, joven.

—Buena jornada, forastero —respondió este.

—Sabes tocar bien la flauta. ¿Sueles practicar mucho? —continuó el albo de mayor edad.

—Lo suficiente —respondió esquivo el músico—. ¿Hacia dónde te diriges? No se ven muchos caminantes por estas tierras.

—Voy en busca del mar.

—Bonito destino. Yo tampoco lo he visitado, pero sé que queda lejos. ¿Conoces el camino? —siguió el flautista.

—Sigo al sol, sus ocasos. Sé que allí, donde este descansa, está el océano de occidente.

Hubo un breve silencio en el que se sintió el transcurrir del arroyo, los trinos de los pájaros y el correr de un venado que se había acercado a las limpias aguas para luego alejarse asustadizo. Después, con sencillez, ambos intercambiaron sus nombres.

—Y tú, Tamán, ¿qué haces por aquí, aparte de tañer tu instrumento? ¿Eres de algún lugar cercano?

—Probablemente hayas pasado cerca de mi aldea —comentó el mancebo con aire melancólico y lacónico a la vez—. Está al otro lado de las colinas que has atravesado para llegar aquí, si vienes del este.

—Sí, pasé por allí; un bonito lugar para vivir —dijo el caminante.

—Lo es, aunque hace ya más de un año que lo abandoné por la vida en el bosque.

—Bueno, tampoco te has ido muy lejos, pero ¿por qué lo hiciste? —preguntó curioso el forastero.

—Si viste a las muchachas de aquella aldea dirigirse a por agua al río, observarías que son hermosas.

—Estuve lo suficiente para comprobarlo.

—Pues yo me enamoré de la más bella de todas..., pero ella prefirió a un amigo mío.

—Lo siento, joven. El amor no correspondido es un amargo trago. ¿Pero no podrías volver a conocer otra muchacha y, quizás, encontrar el amor de nuevo?

—Mi vida se tornó insípida y triste sin poder vivir con ella —volvió a contar el músico—. Y me retiré a vivir en los bosques, entre los animales. Al menos, ya no la veo y me siento libre. Me he construido una cabaña, cazo, recojo frutos y hierbas y toco la flauta.

—Pues si ya nada te une a estas tierras, ¿por qué no vienes conmigo a la búsqueda del mar?

—Porque aprecio estos lugares y, pese a todo, la sigo amando, y quisiera que sepa de mí aunque ya no esté conmigo. A veces la veo a escondidas y no concibo estar lejos de ella.

El joven había contado aquello con una emoción llena de melancolía y extraña terquedad.

—Algún día comprenderás que debes buscar un destino distinto a ese —respondió el caminante con mirada escrutadora—, pero tendrás que ser tú quien lo comprenda. Bueno, todavía queda mucha luz y quiero aprovecharla para avanzar. Te deseo mucha suerte, Tamán; que vuelvas a encontrar el amor, aunque sea en otras tierras.

Ambos se despidieron. Habían intimado bastante para aquel breve espacio de tiempo, pero eran dos albos solitarios siguiendo sus destinos.

Continuó el forastero aquella ruta marcada por los atardeceres. Una mañana, en sus primeras horas, cuando esta iba desperezándose fresca, clara y hermosa, el viajero alcanzó a un grupo de albos que avanzaban alegremente. Llevaban finos ropajes de fiesta y, en algunas de sus cabalgaduras, transportaban abundantes enseres.

El albo solitario les saludó y luego preguntó a la animada comitiva hacia dónde se dirigían.

—Vamos a una boda —respondió una bella joven, lanzando una sonrisa desde el caballo donde iba montada—. Es aquí cerca, y creo que será algo divertido. Ya sabes, cuando unos se esposan el viento sopla a los corazones.

El caminante le devolvió la sonrisa desde su andar humilde y recio.

—Se casa el hijo de un primo mío —continuó un albo maduro, que, cabalgando a la cabeza del grupo, parecía ser el patriarca del mismo—. Es aquí cerca, en un pueblo que alcanzaremos en apenas ya una hora de camino.

Así sucedió. Poco a poco fueron abandonando aquellos parajes donde el camino discurría entre abruptas colinas cubiertas de boscaje para deslizarse por un territorio más llano, abundante en prados, arboledas y tierras cultivadas que parecían anunciar la presencia de un gran río del cual eran su frondosa ribera. En mitad de ese vergel se alzaba aquel pueblo afortunado.

En una vuelta del camino, este se bifurcaba para dirigirse a la rica población o continuar la ruta. Ya iba a despedirse el albo itinerante de sus alegres acompañantes cuando estos le animaron a que se uniese a ellos y compartiese el feliz evento.

—Bueno. Será una oportunidad de disfrutar de compañía y conocer cómo son las bodas por estas tierras —dijo el solitario viajero.

Cuando llegaron a la población, esta estaba invadida por una multitud de invitados vestidos, la mayoría de ellos, con los brillantes ropajes blancos usados en los festejos. Todo el pueblo, de hermosas casas de piedra y madera cubiertas de techos de paja o de pizarra, estaba bellamente engalanado.

No tardó en comenzar la ceremonia, con la llegada del novio acompañado de los suyos al Templete de las Gentes, que se alzaba cubierto ahora de flores en medio del villorrio. Era el prometido un joven alto, de buena figura, sobre cuyo agraciado rostro y castaña cabellera lucía la florida corona de contrayente, hecha con los más representativos brotes de la estación.

Dentro del templete estaba el jefe de la villa. Esperaba de pie, en silencio, dispuesto a dirigir la ceremonia vestido con sus mejores galas y los símbolos de su poder: la diadema de oro, un aro sobre el que sobresalía la estrella de ocho puntas con una piedra, blanca y brillante, enjaezada, y el cetro, también rematado por el símbolo estelar álbico.

Junto a él había una mesa cubierta con un paño blanco y astros bordados en dorado. En ella, entre un montón de flores, brillaban dos hermosos collares, también del más precioso metal, compuesto por unas gruesas cadenas que formaban parejas de manos entrelazadas y de las cuales colgaban también las estrellas con unas piedras cristalinas en medio. Eran las alhajas de casamiento, las que se ponían los esposos al unirse en la boda y que debían devolver a la comunidad después de conservarlo durante la primera noche de casados. Representaban estos un símbolo de compromiso ante las gentes con las que convivían y una de las razones de que tan solo se acostumbraba a celebrar una boda por día, ya que no solía haber más de una pareja de estos valiosos collares. Los anillos, un regalo que se hacían los contrayentes, era el símbolo que sí les acompañaría el resto de sus vidas.

El novio llegó junto al jefe del pueblo. Después se escuchó música, risas y gritos de alegría, y la multitud se fue apartando ante el paso de la prometida, bella y radiante, como un rayo de luz que acrisolase toda la energía que le rodeaba.

Alta y esbelta, con una hermosa caballera de un negro azabache y unos ojos azules que brillaban como dos zafiros sobre su bello y marfileño rostro, avanzó con paso decidido hacia el templete, donde revalidaría su amor ante el gentío expectante.

Cuando los dos contrayentes se hallaron situados ante el jefe del pueblo, hubo un gran silencio.

—Gentes de Jandalín y forasteros, que vais a compartir con nosotros el feliz evento que comenzamos ahora a celebrar —empezó a decir la máxima autoridad de aquellos lares—, vamos todos a ser los felices testigos del alegre acontecimiento en que Darlan y Tersia van a decidir compartir su vida juntos como esposos. Nada hay más bello entre los albos que este momento, porque es el inicio de un camino de amor que llena nuestra existencia con la aparición de nuevas vidas que renuevan nuestras ilusiones, esperanzas y deseos de perpetuidad y plenitud.

Así habló durante un largo tiempo, con un discurso un tanto manido, pero lleno de certezas. No olvidó citar a Margald y la dimensión cósmica que tenía aquella unión. Finalmente, y cogiendo uno de los dos collares de su florido lecho, preguntó al joven:

—Darlan, ¿quieres a Tersia como esposa, comprometiéndote a compartir con ella el resto de tus días?

Y el mozo, dirigiendo una mirada llena de ternura a la novia con sus ojos pardos, dijo con firmeza:

—Sí. Yo, Darlan, quiero compartir con Tersia todo cuanto me queda por vivir.

Y el maestro de ceremonias le puso el hermoso collar.

—Y tú, Tersia, ¿quieres a Darlan como esposo, compartiendo con él el resto de tus días?

La misma mirada de amor brilló en sus hermosos ojos del color del firmamento; la misma respuesta dicha con sincera emoción y la consiguiente puesta del precioso colgante.

De pronto, como por arte de magia, aparecieron ante los novios una pareja de pequeños albos, que simbolizaban los hijos que de aquella unión pudieran surgir. Una vela fue entregada a la joven, por parte de la infanta, mientras que un pequeño recipiente con agua era depositado entre las manos del otro contrayente.

Se pusieron ambos frente a frente con sus ofrendas para, tras juntarlas, intercambiárselas cada uno, comenzando a continuación el novio a decir con voz sincera:

—Yo, Darlan, te ofrezco a ti, amada Tersia, este agua para que sirva ante estos hermanos albos de recuerdo por aquel primer momento en el que nuestros Padres el Sol y la Luna se amaron y que, como ellos, nosotros ahora, comenzamos el camino, y pido a Margald que sea largo, de nuestros días y noches juntos.

Tembló la joven de emoción y contestó con similar discurso:

—Yo, Tersia, te ofrezco a ti, amado Darlan, esta llama para que sirva ante estos hermanos albos de recuerdo por aquel primer momento en el que nuestros Padres el Sol y la Luna se amaron y que, como ellos, nosotros ahora, comenzamos el camino, y pido a Margald que sea largo, de nuestros días y noches juntos.

Hubo un breve silencio en que los contrayentes se mostraron ante los invitados con aquellas ofrendas de luz y agua, que representaban el lejano comienzo del tiempo de los albos.

Después vino un familiar de cada contrayente, entregando al opuesto un pequeño anillo con una diminuta estrella labrada y el nombre del que, a partir de ahora, sería consorte del poseedor. De esta manera, aquel compromiso se recordaría día a día, cuando fuesen devueltos los collares. Después volvió a hablar el jefe:

—Ahora los días ya no son ajenos del uno y del otro, sino que son vuestros días. Que sean largos y felices, iluminando con ellos la vida de vuestros hermanos albos y del mundo en que vivimos. —Y, tras un leve silencio, su rostro se iluminó con una gran sonrisa—. Besaos y, así, mostradnos a todos el amor que os profesáis.

Así lo hicieron, juntando sus amantes bocas en un largo y apasionado beso que arrancaba sonrisas y exclamaciones de cuantos les rodeaban.

—Y ya, acabada la ceremonia, que empiece la diversión —dijo finalmente el jerarca local alzando los brazos.

Al instante, un montón de manos empezaron a arrojar pétalos de flores sobre los contrayentes, mientras sonaba la música animando a bailar a los convidados. Luego, se dirigieron todos entre cánticos y griterío a las afueras del pueblo, donde bajo unos toldos decorados con abundancia floral se había dispuesto un buen número de mesas.

No todos los comensales podían sentarse, pues, como era tradición en el mundo albo, la fiesta estaba abierta a quien fuera que por allí pasase, pero eso mismo impedía garantizar el número de asientos, salvo para los más allegados.

Había abundancia en frutas y verduras, carnes y sabrosos pescados de río, todo ello regado con vinos, licores…, descollando entre todos uno exquisito que se fabricaba con el néctar de las abejas.

Aunque los albos eran de natural sobrios y no gustaban de los excesos, aquellos días especiales los celebraban con mayor profusión que otras jornadas. La gente comía, bebía, reía y danzaba. El viajero de los atardeceres disfrutaba del momento, y aún más cuando una pareja de ancianos, sabiendo de su condición de caminante, le ofrecieron una cómoda cama en su casa en la que pasar la noche.

Transcurrió la tarde y llegó la noche. Los novios parecían cansados, pero no muchos de los invitados. Ya era tarde cuando un rayo rasgó el cielo y al poco retumbó el trueno. Las nubes que se habían ido acercando con las sombras de la tarde rompieron en un gran chaparrón y la tormenta terminó de alejar a los celebrantes de aquel rincón campestre, donde se bailaba y bebía ya a la luz de las antorchas. Los nuevos esposos marcharon raudos hacia su intimidad, y el viajero tardó un poco en encontrar la casa de los dos viejecitos.

Todavía, aunque ahora refugiados bajo techo, seguían cantando y bailando los que no querían dar por finalizada la fiesta.

A la mañana siguiente el itinerante se sentía un poco perezoso para abandonar tan cómodo lecho, sobre todo después de haber estado trasnochando. Pero no quería ser una molestia para sus anfitriones, que de seguro tendrían tareas que realizar.

Tras desayunar con ellos se despidió agradecido. Era una hermosa mañana de primavera, con un cielo azul y transparente después de la tempestad nocturna. El aire fresco hacía más suaves aquellas primeras horas en que el villorrio se despertaba remoloneando tras el festejo. El caminante comenzó su andadura con paso firme, aunque tuvo pronto que aminorar la marcha para poder sortear charcos y barrizales.

Aun así, no tardó mucho en llegar ante el ancho río que parecía limitar aquellas prósperas tierras. Allí se alzaba una cabaña de madera, y en la orilla, junto a un pequeño muelle hecho de tablas, una gran barcaza y otra más pequeña. Llamó a la puerta de la vivienda y le abrió una alba, de mediana edad, que le dijo:

—Buenos días. Si deseas cruzar el río, ahora mismo saldrá mi esposo.

Al poco tiempo apareció un individuo con una gran barba pelirroja y, tras saludar con un gesto, invitó al viajero a pasar a la embarcación de menor tamaño.

El barquero parecía cansado, probablemente por haber disfrutado de la fiesta del día anterior, ya que su cliente creía recordar su rostro. Mientras se alejaban, el viajero dirigió su vista hacia delante. La ribera opuesta aparentaba estar deshabitada y poblada, en cambio, por densos bosques que llegaban en apretada masa de árboles hasta adentrarse sus ramas y troncos en aquellas aguas que discurrían pálidas, mansas y diletantes. En una última mirada hacia la orilla que abandonaba vio sobre una colina un gran molino, construido en madera, y que parecía despedirse de él con sus aspas girando al viento.

Tras atravesar aquel río continuó el siempre forastero su incierta ruta. Un atardecer llegó a un lugar inhóspito y, aunque el cielo estaba despejado, había algo inquietante en aquel campo desarbolado donde soplaba un fuerte viento. Pero lo que más le extrañó fue encontrar los aparentes restos de un poblado albo levantado en piedra. No se veían cenizas ni nada que pudiese recordar a un incendio, aunque aquel lugar parecía deshabitado hacía mucho. Mas en su divagar errante nunca se había topado nuestro andante personaje con ninguna población en ruinas, teniendo la impresión de que los albos en general solían encontrarse a gusto allá donde habían echado raíces. Decidió pernoctar allí, pues las viejas paredes le ofrecían algún refugio frente al vendaval. Nunca como esa noche sintió aquella presencia. Le sucedía en ocasiones, sobre todo cuando estaba solo, que era la mayor parte de las veces. Tenía la sensación de ser espiado, como si algo invisible le observase con una curiosidad extraña y malsana. Su corazón se inquietaba por no llegar a comprender, y le oprimía la extraña pesadumbre de una posible existencia de poderes ocultos que no encajaban en su visión álbica del mundo.

Esa noche, entre los desolados escombros, aquella percepción se sentía con más fuerza, como si aquel lugar estuviese tocado por un mal designio. En la oscuridad, bajo las estrellas y el rugido del aire, la tierra parecía rezumar una desabrida sensación de soledad, vacío y desesperación. Fue una noche de misteriosos y terribles sueños. Algo estaba rondando cerca de él, mas no sabría decir el qué. Finalmente, con el amanecer abandonó aquellas piedras inhóspitas con la certeza de que esa siniestra presencia que tantas veces le parecía surgir de las entrañas de la tierra formaba parte de aquel mundo.

Errabundo siguió con su ruta, conociendo gentes albas y lugares nuevos. Por su pensamiento iban cruzando ideas distintas, diferentes reflexiones y una confusión de visiones, certezas y dudas que renovaban su forma de ver el orbe tanto como lo que iba apareciendo ante él.

Había una cosa que no dejaba de sorprenderle. Grandes manadas de animales se cruzaban por su camino. Al contemplar un hormiguero o los inmensos enjambres de abejas a la búsqueda de una nueva colmena, admiraba las vastas comunidades que formaban estos insectos. Entonces se preguntaba cómo habrían aprendido a habitar de esa manera. Quizás por influencia de las plantas. ¿Podrían los albos convivir en multitud algún día? ¿Escogerían sus semejantes dejar su vida de pequeñas aldeas y formar poblaciones más grandes? Esto, por lo que había observado en aquellos seres, obligaría a crear una extraña y compleja jerarquía. Entonces su pensamiento se perdía y se apartaba de imaginar un futuro que le parecía incomprensible. Así continuaba nuestro personaje su andadura, anhelando llegar al océano, mientras que su visión del mundo iba cambiando y se admiraba de cuanto sucedía alrededor y también dentro de él.

Iban pasando las distancias y las jornadas y un día llegó a un lugar donde, junto al camino, crepitaban los restos, ya apenas unos rescoldos, de la incineración de un muerto. Eran las últimas horas de la tarde, en las que un tenue cielo violáceo y rosado iba convirtiendo todo el horizonte en sombras. Una anciana y otra dos albas, una madura y otra que aún se podía llamar joven, llorando en silencio, velaban lo que quedaba del cadáver. El resto de la gente de la aldea se debía de haber retirado ya de aquel fúnebre lugar.

—Buenas noches, buenas albas. Siento llegar en tan tristes momentos —dijo el caminante.

—Buenas noches —respondieron las dos de menor edad, pues la entrada en años permanecía absorta entre sus lágrimas.

Hubo un silencio en el que el viajero pareció querer demostrarles su respeto acompañándolas.

—Era mi padre, y ella es mi madre —añadió escuetamente la más joven, rompiendo el silencio señalando a la anciana—. Mirlana es una buena amiga. No ha querido irse sin nosotras.

—¡Que Margald os ampare en vuestro dolor! Os habéis quedado solas a horas demasiado tardías —observó el viajero.

—La gente de la aldea ya marchó y también el resto de nuestra familia, pero mi madre no parece que quiera ser arrancada de aquí.

—No os aflijáis tanto, buena alba. El espíritu de tu marido ya habrá atravesado el océano de Occidente, junto al Sol, retomando allí su luz en la Morada Celeste para luego partir hacia las estrellas, al seno de Margald —llegó a decir el forastero con ánimo consolador.

—Era mi padre y su esposo. Le lloramos porque nos quedamos solas —contestó dolida la hija—. Los muertos parten, pero los vivos seguimos aquí. Los designios de Rangio no suelen ser motivos de gozo, por mucho que queramos hacérnoslo creer.

—Es cierto. Perdonadme si fui torpe con mi reflexión. —Luego, guardando silencio, decidió cambiar de tema—: ¿Queda lejos el mar?

—¿No lo sientes? ¿No hueles en el aire su aroma salado? En una jornada estarás ante él —declaró Mirlana—. Y si nunca lo viste, no hay palabras para describírtelo.

Hubo un silencio.

—Si quieres pasar la noche..., puedes hacerlo en la aldea —añadió la vieja, entre sollozos, quebrando por un instante su silencio—. En nuestra casa hay sitio.

—Muchas gracias, pero estoy acostumbrado a caminar bajo los luceros y dormir al raso. No quiero hacer algo distinto ahora que estoy tan cerca de mi destino final.

—Pues si lo que buscas es el océano —volvió a comentar la madre—, te sorprenderá gratamente.

—Así espero —dijo el solitario itinerante—. Bueno, les deseo que vuelvan a encontrar la alegría pronto, porque su esposo, su padre y su amigo, ya ha encontrado el destino final de los albos. Adiós, buenas damas.

—Te deseamos un buen camino, forastero —dijeron las tres albas desde su desolada sobriedad.

En el atardecer del siguiente día comenzó a atravesar una amplia zona de dunas para llegar, poco antes de la caída del sol, a una gran playa.

Estuvo un rato en silencio contemplando, de rodillas, la estampa. Era como contestar a la razón de su existencia, aunque con una respuesta cargada de emociones confusas e incógnitas.

Cuando el sol iba ya a declinar, se levantó.

Luego, alzando los brazos, exclamó:

¡Oh, Sol!,
que atraviesas los espacios celestes
iluminando nuestro mundo y mostrándonos la grandeza
de Margald.
¡Oh, mar!
Grandioso y hermoso eres.
Extraños sentimientos me llegan con el batir de tus olas.
Y me haces parecer tan pequeño en esta inmensidad.
¡Cuánta belleza rodea a nuestro orbe, el de los humildes albos!
Horizonte lejano, morada donde descansas, ¡oh, Sol!
La luz y las aguas se funden en este ocaso.
Este cielo de púrpura enciende mi corazón
con las sensaciones nuevas del rumor del océano.
¡Oh, Mar! ¡Oh, Sol! Yo os saludo.

Tras aquel hermoso atardecer, el primero en que veía al sol ocultándose bajo el horizonte marino, decidió permanecer un día más en aquella playa, y a la siguiente mañana echó a andar siguiendo la costa. Eligió dirigirse por el norte de la misma, ya que le pareció que el litoral penetraba más por allí en el océano hacia el poniente, mientras que por el sur seguía una línea semejante a la del punto donde él se encontraba.

Así, su largo viaje seguía sin concluir; aunque si en un principio los crepúsculos habían sido una constante evocación hacia un océano remoto, ahora se habían convertido en contemplar, un día sí y otro también, la muerte de las jornadas en aquel horizonte marino siempre cambiante y misterioso.

Un día en que su ruta por el linde costero se deslizaba subiendo y bajando por un terreno tortuoso de acantilados salpicados de solitarias playas, llegó, cuando el sol estaba en su cenit, a una pequeña bahía donde se alzaba una aldea de pescadores. Como en otras ocasiones, fue recibido con cordialidad, aunque el pequeño villorrio estaba conmocionado por un gran evento local: una alba estaba a punto de concebir a su pequeño.

Era un día en que el océano estaba algo revuelto por un viento que, sin embargo, no llegaba a cubrir el cielo con masas de nubes. Los pescadores no se habían echado al mar y las barcas se movían al ritmo de las olas, amarradas a un minúsculo muelle o en lo alto de una pequeña playa, lejos de los golpes marinos.

A la puerta de una cabaña de madera con techo de paja se agolpaba un enjambre de individuos, mayoritariamente del género femenino. En un rincón, de pie y sin hacer demasiado caso a los que le rodeaban, aunque estos se dirigieran a él constantemente, un albo joven, bien parecido, alto y fuerte, se mesaba preocupado su negra barba.

No tuvo el caminante tiempo de contagiarse de la tensión de aquellos momentos. Casi cuando él llegaba, salió una alba, ya mayor, que, llena de alegría, anunciaba el nacimiento del pequeño. Como una exhalación, el joven de la oscura barba entró en la casa, mientras algunos de los que le rodeaban trataban de darle abrazos y enhorabuenas. El viajero, que ahora lo era del litoral, sabiéndose un forastero en toda aquella felicidad, permanecía un poco al margen y en silencio de aquella escena, pero disfrutando de poder compartir un momento tan dichoso con sus semejantes. Pero, bajo el resplandor de la estrella álbica, el mundo era hospitalario y amable, y pronto encontró no solo gente que le puso al tanto de todo lo que ocurría, sino que le ofrecieron dónde reponer fuerzas y descansar.

Finalmente, y por aquello de haber llegado en tan feliz momento, el forastero decidió quedarse a la ceremonia del Recuerdo Albo, que tendría lugar no aquella noche, por estar todavía la madre indispuesta, sino a la siguiente, siempre que la parturienta se hubiese recuperado.

Esta remota ceremonia, que algunos creían su comienzo con la primera generación de albos nacidos de vientre materno, trataba de rememorar, de ahí su nombre, la noche en que los albos tomaron la vida del reflejo de las estrellas sobre las aguas. Por ello siempre se debía hacer cuando la luna estaba menguante, por ser el momento en que se suponía que el estado de preñez en plenilunio había pasado. Afortunadamente, acababa de iniciar la luna ese ciclo, y la temperatura de las aguas, porque de una inmersión se trataba, no era muy fría. Así, bajo la luz de los astros, y llorando por el baño, el pequeño albo sería homenajeado por su familia y la comunidad como bienvenido al mundo, y aunque ya le habrían puesto un nombre, sería aquel momento el más adecuado para reconocérselo. Y bajo un cielo no siempre estrellado, el pequeño era bañado en un curso natural de las aguas, es decir, un arroyo, un lago, un río o el mar, para recordar en aquella ceremonia la mágica noche que dio a luz a su estirpe: los albos.

Llegó el anochecer anunciado, y sobre la pequeña playa que acariciaba la aldea, donde se amontonaban algunas de las barcas de los pescadores, brillaban las antorchas que allí habían sido colocadas. Siempre había acostumbrado a ser aquel lugar el escogido por aquellos aldeanos para la ceremonia del Recuerdo, pues no había mejor lugar que ese, donde las aguas lamían la arena sobre la que ellos vivían.

Junto a la orilla, donde recalaban suavemente las olas en una noche tranquila, y bajo un cielo cuajado de estrellas, esperaba un grupo de aldeanos y, en medio de ellos, el joven de la barba azabache, que era el padre. Todos iban vestidos con los ropajes de brillante tela blanca de los días festivos. El itinerante se había unido a ellos, aunque desde un rincón un poco alejado para contemplar la escena a su agrado y no hacerla desmerecer con su ajada vestimenta de viajero.

Desde la casa donde vivían los felices padres se vio pronto venir a una alegre comitiva que se acercaba cantando y portando velas. A la cabeza de todos ellos venía la madre, una hermosa alba de larga melena rubia, que pese a la cercanía de las fechas del parto lucía radiante y espléndida, llevando entre sus brazos, envuelto en blancas telas, a su pequeño, que parecía dormido.

Una vez el cortejo llegó donde les esperaban los de la orilla, la madre entregó a su esposo la criatura, que al sentirse desprotegida de su lecho de telas empezó a agitarse nerviosa. El padre cogió al pequeño e, introduciéndose con sus piernas desnudas en el agua, se giró mirando hacia el mar, alzó al bebé hacia los cielos y este empezó a llorar.

—Recuerda, hijo mío, la estirpe de la que vienes y el día en que comenzó nuestro designio en este mundo. —Y, luego, girándose hacia su mujer y cuantos le rodeaban, exclamó—: Aquí tenéis a Servad, pues así hemos decidido llamarle sus padres, ya que nació un día de fuertes vientos. A partir de ahora será uno más entre nosotros, y que con nosotros se realice en este mundo, siguiendo las sendas que complacen a Margald.

Y dicho esto, introdujo al pequeño un instante en el agua, para sacarlo berreando aún mucho más. La madre corrió hacía el pequeño con una manta, y tanto fue su apremio que no dudó en meterse en las aguas, mojándose los bajos de su hermoso vestido. El pequeño, aun sintiendo el calor de la manta y el abrazo materno, continuó llorando durante largo rato.

Entretanto, el padre abrazó a su esposa, contemplando ambos con delicada mirada su primer vástago. Mientras, sus familiares y vecinos cantaban, y algunas albas, entre ellas las abuelas, echaban flores al mar.

Al día siguiente el caminante se despidió de las gentes de la aldea y deseó mucha suerte a la nueva familia.

Iban pasando los días en su andadura, el verano iba quedando atrás y el viento arrastraba hacia el mar las hojas secas. El siempre forastero se sentía cansado a veces y otras hubiera deseado haber encontrado un sitio donde echar raíces. Aunque algo dentro de él le animaba a seguir su marcha, hasta que encontrase algún motivo para detenerla.

Un atardecer, siguiendo una senda que serpenteaba próxima a desfiladeros que avanzaban sobre el océano, retándole entre blanca espuma, creyó vislumbrar un saliente que parecía penetrar aún más en las aguas de la costa que había ido dejando atrás.

Bajo un ocaso púrpura, creyó sentir que se aproximaba el final de su incierta ruta. Pero la noche trajo fuertes vientos y el amanecer vino cargado de brumas. Así transcurrió el día, marchando bajo nubes que no acababan de romper, aunque el horizonte se tornaba oscuro y tenebroso. Moría la luz diurna cuando estalló la tormenta; el mar embravecido parecía querer arrancar, con grandes olas, a la tierra de sus dominios. Y el viajero, muy cerca ya de aquella punta a la que anhelaba llegar, tuvo que refugiarse al abrigo que formaban unas peñas para evitar calarse con aquel chaparrón o ser arrastrado por los vientos que azotaban aquellos parajes. Así transcurrió la noche, mientras se consumía la minúscula hoguera que había tenido aún tiempo de encender.

Durante aquellas horas oscuras apenas iluminadas por las llamas volvió a sentir con fuerza la sombría presencia de otras ocasiones. Pero había algo en su ánimo que le daba valor ante aquellos sentimientos desesperados que parecían anunciar. No tenía miedo a sentirse espiado, pues nada había que ocultar. Además, tenía esperanza en el mundo álbico y en el camino que había iniciado, que estaba a punto de concluir. La noche, sobre todo acompañada de tormenta, parecía un momento adecuado para que fuese cortejada por aquella perversa emanación del fondo de la tierra. Mas el camínate llevaba tanto andado que unos sentimientos confusos, entre vientos feroces y el resplandor de los relámpagos, no llegaban a intimidarle.

Cuando rayaba el alba, pisó las cenizas antes de echar a andar, como deseándose suerte, y con sus primeras luces se dispuso a alcanzar aquella punta rocosa. Después de la tempestad viene la calma, y el nuevo día lucía hermoso, fresco y azul. Esa misma mañana, pese a las dificultades de la senda, llegó adonde aquel cabo caía al mar entre acantilados. Entonces pudo comprobar que, tanto al sur como al norte, no parecía haber tierra que sobrepasase hacia el poniente aquel saliente.

Sintiendo el suave viento sobre el rostro y el silencio que este quebraba, contempló, durante largo tiempo, aquella maravillosa vista en que el mar aparecía ante él reverberando al sol con toda su inmensidad. Pero de pronto creyó escuchar un lamento, un suave quejido que venía de abajo del precipicio. Se asomó hacia donde parecían proceder aquellos sonidos tristes y casi imperceptibles, y vio, allí donde el promontorio rocoso formaba una especie de plataforma batida por las olas, un enorme animal, un gigantesco pez de piel gris oscura y brillante.

Aquella masa de carne debía de haber sido arrastrada por el oleaje durante la tempestad de la noche anterior y había quedado encallada sobre los escollos. Su pellejo se había rasgado tanto por el impacto como por su lucha intentando salir de su prisión de roca, provocando heridas por las que sangraba tiñendo de rojo las aguas. Afortunadamente, la formidable bestia quedó atrapada cuando amainaba la tormenta, ya que en caso contrario habría quedado completamente destrozada y muerta.

El caminante sintió pena por aquel fabuloso animal que, varado como estaba, parecía acercarse a su final. Pero ni podía bajar a aquellas inaccesibles rocas ni mover aquel gigantesco pez. Por otro lado, no se veían aldeas cercanas a las que pedir ayuda.

Se quedó mirando con tristeza a aquel enorme ser vivo y quiso imaginar lo que pensó aquel albo que, en su primer día, arrojando sus flechas hacia las aguas, hizo surgir esa magnífica bestia. Y creyó recordar las distintas veces en que, a lo largo de su viaje por la costa, sus habitantes le habían hablado de grandes animales, a los que llamaban ballenas, y que les procuraban carne, aceite y hasta enormes huesos, los cuales llegó a ver en alguna aldea utilizados como soporte de construcción o adorno.

Pero él sentía ver morir a aquel hermoso ejemplar, que, aleteando de vez en cuando, lanzaba su desesperado llanto en un fúnebre murmullo. Mas las aguas en aquellas costas se alejaban y acercaban en grandes mareas, fenómeno que había siempre sorprendido al viajero. Y en aquel momento estas subían, acariciando cada vez con más energía el lomo maltratado de la bestia marina. Con la pleamar una nueva fuerza pareció surgir del agotado animal. El itinerante sufría en silencio con aquella intensa lucha, y hasta había momentos en que miraba al cielo como si pidiera ayuda en tan extraño combate, entre lo seco contra lo húmedo. Mas venció el agua: en unos cuantos golpes del océano con unas olas ya muy elevadas, el gran pez pareció tomar fuerza y rodando sobre sí mismo cayó en un lugar donde las honduras le permitieron nadar libremente.

Desapareció por un largo rato de la superficie, pues parecía echar de menos el tiempo de sufrimiento fuera de las profundidades, mas luego emergió como si de una nueva isla, lisa y brillante, se tratara. Un enorme surtidor acuoso se elevó hacia el cielo, pareciendo querer darle las gracias por haberse salvado. Después volvió a sumergirse para, finalmente, y ya lejos en el horizonte, brotar con toda su fuerza, surgiendo de las aguas su cuerpo casi al completo, como en un gran salto. Entre tanto, el caminante había contemplado aquel breve espectáculo, convencido de que aquella fuerza recobrada tras tan incesante lucha era como un canto a la vida y la libertad.

El siempre forastero decidió quedarse en aquel promontorio del litoral. Buscó en él un rincón a refugio de los fuertes vientos que allí soplaban y construyó una cabaña donde poder vivir. También pensó que, en cuanto se hiciese con el material adecuado para ello, relataría todo lo que recordaba de su largo viaje, las gentes, cosas y lugares que había conocido, y los pensamientos y sensaciones que le habían acompañado.

* * *

Una estrella fugaz. ¿Qué es? ¿Acaso una deidad que cae a la tierra, o un futuro albo buscando su destino? La veo cruzar veloz el firmamento hacia el infinito sobre el corazón de Universo, y eso me produce anhelos de pedir deseos, pero también me embarga con los sentimientos rotos que añoran aquello que se perdió para siempre. Los astros me miran desde lo alto y yo me pierdo en ellos sin encontrar respuestas, pero tampoco las quiero. Tan solo deseo contemplarlos, extraviarme en ellos.

Recuerdo otro momento, ya no en la noche, sino en las horas en que la tarde cae tiñendo de púrpura el horizonte. La quietud del lago y los cisnes surcando las aguas grises entre los delgados troncos de plata de los abedules.¿Qué albo o alba pudo imaginar aquel ave tan bella?¿Esa mente pudo intuir su estampa en ese atardecer?

Y el viejo cisne, grande y hermoso, pero herido de muerte, elevó su cuello y emitió el bello canto que anuncia su fin, su muerte. El Sol era ya solo un reflejo, un resplandor en el firmamento. Pronto el cielo se volvería negro y azul, y aparecerían la luna y las estrellas.

* * *

Un esplendor primaveral colmaba la mañana. Bajo el bello y brillante cielo azul se alzaba un poblado albo situado en el fondo de un vallecito, rodeado de terrenos cultivados y huertas, y cruzado todo ello por un río. Las casas estaban construidas con piedra y madera, mientras que la mayoría de los tejados estaban formados por cubiertas de heno. En medio del pueblo, en una especie de plaza, se levantaba un templete redondo, decorado con abundantes estrellas de ocho puntas pintadas de blanco, que era el lugar donde se reunían los habitantes en sus asambleas. Al este del poblado, casi lindando con su solar, un denso bosque de robles y hayas parecía querer avanzar sobre las tierras roturadas. Al norte, en la lejanía, sobre la difusa armonía de verdes y campos en flor, se alzaban las montañas, todavía cubiertas por la nieve.

Un par de jóvenes permanecían sentados en el alto, contemplando aquel magnífico panorama. Descansaban de las tareas campesinas mientras que, aquí y allá, se veían los puntos blancos de los albos que trabajaban la tierra.

—¡Buen día! —dijo alguien detrás de ellos.

Ambos giraron y reconocieron a Lorgún en el robusto muchacho que les saludaba. Los enamorados, pues daban aspecto de estarlo, le devolvieron la cortesía. El recién llegado, que venía por el camino que conducía al bosque, traía de las bridas un caballo que llevaba a su vez encima un gran ciervo muerto.

—Me he encontrado con Morleguin —continuó el cazador—. ¡Qué viejo más extraño!

—¿Por qué dices eso? —respondió la bonita doncella—. Deberías respetarle, porque es un anciano, y ya solo por eso lo merece. Pero además Morleguin es sabio, el albo más sabio que he conocido.

—A lo mejor por eso es extraño —siguió diciendo Lorgún—. Me preguntó, refiriéndose al ciervo que había matado, si había hecho la oración por la víctima. Yo lo había olvidado, y me hizo rezarla con él. Decía que nosotros trajimos los animales al mundo y que el día que no les guardemos un respeto cuando mueran, empezaremos a perderlo entre los propios albos.

—Sus razones tendrá para hablar así, Lorgún —apostilló el otro joven albo, que hasta entonces había permanecido en silencio.

—¡Ah! También me dijo, Tarsiván —continuó el mozo del venado, dirigiéndose al que había nombrado—, que si me encontraba contigo, te dijera que esta noche pasaría a cenar por casa de tus padres.

—Menos mal que te has acordado, Lorgún, porque ¿y si no me llegas a ver? —volvió a comentar el aludido—. Luego se lo diré a mis padres.

—Bueno, me voy a la aldea. Os dejo. Adiós —se despidió el cazador, que fue enseguida respondido por la pareja.

Cada tres años, los poblados albos acostumbraban a escoger a uno de sus pobladores como jefe para organizar la comunidad; y en aquella hermosa primavera era el progenitor de Tarsiván quien detentaba dicho cargo.

—¡Qué hermoso está el campo! ¿Verdad? —dijo la muchacha a su acompañante.

—Sí, Iridnia, pero tú eres lo más bello que hay en él —respondió Tarsiván—. Deberíamos unir nuestras vidas para traer hijos al mundo y que ellos contemplasen lo hermoso que es este y lo preciosa que es su madre.

—Qué gentil eres —respondió la alba con el rostro encendido de placer—. Pero ¿no somos aún muy jóvenes para eso?

—No. Sabes que no —continuó Tarsiván—. Aún no alcanzo a comprender lo que consideras tú el momento adecuado. Pero si no quieres, no hablaremos más de eso y dejaremos que el tiempo vaya enredando nuestras vidas como las madreselvas escalan las rocas y los troncos de los árboles.

El día fue pasando lentamente, aunque sin hacerse pesado para los habitantes de aquella aldea. Cada labor tenía su satisfacción, cada actividad parecía siempre interesante y novedosa, y la existencia se mostraba llena de armonía, sin resultar aburrida.

Llegó la tarde. El cielo fue adquiriendo el tono rosado de los atardeceres y la atmósfera exhalaba tranquilidad. De nuevo la pareja, tras las actividades de la jornada, había subido a aquel altozano, aunque ahora acompañados de un tercero, aún más joven que ellos. Este, que parecía casi un adolescente, llevaba en la mano una flauta que no tardó en ponerse a tocar, mientras los otros dos miraban cómo el sol se tornaba púrpura para ocultarse tras el horizonte.

Aquella estampa fue volviéndose aún más bucólica cuando el flautista hizo tañer su instrumento con una dulce melodía. Así estaban los tres contemplando aquel paisaje, como si se tratase de una ceremonia, cuando alguien detrás de ellos dijo:

—Cada amanecer posee la grandeza del comienzo de la creación, y cada atardecer, el del ocaso de los tiempos.

Los tres se giraron sobresaltados, aunque ya habían reconocido aquella voz. Ante ellos estaba la figura alta y delgada del viejo Morleguin.

Los jóvenes albos saludaron al anciano con respeto. Aunque no era natural de aquel lugar, hacía muchos años que vivía con ellos, o, mejor dicho, junto a ellos, pues se suponía que habitaba en una cabaña que tenía en lo más profundo del bosque. Pero pese a sus rarezas, todos le respetaban, pues era sabio y, aunque algo huraño, tenía un gran corazón.

Nadie sabía de dónde procedía aquel viejo, pero la fraternidad alba obligaba a acogerlo, y lo hacían con gusto. Decían algunos que había perdido a su esposa e hijos tiempo atrás, pero nadie podía asegurarlo. Morleguin nunca hablaba de él mismo, y menos de su pasado, pero tampoco le hacía falta, pues tenía tantos conocimientos sobre el mundo y la naturaleza que sus misterios íntimos no llegaban a inquietar a nadie.

—Tarsiván, ¿has anunciado a tus padres mi visita? —preguntó el anciano.

—Lo hice, Morleguin, aunque sabes que sobran tales ceremonias porque nuestra casa será siempre tu hogar.

—Gracias, muchacho —respondió el veterano personaje—. Cada día me alegro más de haber escogido estas tierras para el final de mis días. Bien, encaminémonos a tu morada, que ya cae la noche.

La brisa nocturna soplaba y las primeras estrellas brillaban cuando entraron en la aldea y poco después en la casa de Gradiano, el jefe del poblado.

—Bienvenido, Morleguin, a mi humilde morada, que es la tuya —dijo el anfitrión, abrazando al viejo albo.

En la casa no solo estaba su familia, sino además otros personajes de la aldea y entre ellos Vastaro, un cantor local de fácil palabra y hábiles dedos con los instrumentos que acostumbraba a tocar. También estaba el joven Lorgún con los suyos. Al saber que el sabio anciano iba a comer a casa de Gradiano, su padre le había pedido el ciervo cazado para invitar al viejo.

—Que el amor de Margald sea con todos —saludó el anciano a todos los allí reunidos.

Fue casi empujado al sitio principal de entre los comensales, y todos se dispusieron a despachar su cena álbica.

Esta consistía en algunas verduras, carne y dulces, todo ello regado con un delicioso licor. En conjunto era lo bastante sabrosa como para alegrar los paladares y lo suficientemente abundante, aunque sin llegar a ser excesiva.

Pero el viejo Morleguin, después de dirigir el ofrecimiento de aquellos alimentos al Creador, con un gesto rechazó la carne y tan solo tomó algo de hortalizas y un rico brebaje álbico hecho de hierbas silvestres al que llamaban sambara.

—Os pido que me disculpéis, queridos amigos, por no probar la carne de venado que con tanto cariño me habéis preparado —se excusó el anciano—, pero mi estómago no está hoy como para probar esos manjares. Lo siento y te lo agradezco, Lorgún, ya que tú fuiste su cazador.

Nadie tuvo nada que objetar ante aquella sencilla disculpa, ni siquiera el joven que se había cobrado aquella presa.

Durante la sobremesa, al calor de la lumbre, los albos de la aldea rodearon al particular convidado preguntándole cosas sobre todo lo conocido y lo desconocido, intentando encontrar en aquel viejo alguna respuesta a sus muchas dudas e incertidumbres.

Viendo a Carlila, la hija menor de Gradiano, concentrada en tejer un pequeño paño, Morleguin le preguntó qué era lo que cosía con tanto interés.

La joven se lo mostró. Era un hermoso lienzo de suave tela blanca sobre el que ella había zurcido una docena de luceros álbicos con hilo de oro.

—¿Por qué doce estrellas, Carlila? —preguntó el viejo.

—No sé la razón, Morleguin —respondió la que casi era una infanta—. Me gustaba ese número. Quedaba bien en la composición.

—Podían ser los meses del año —objetó Vastaro—. ¿Por qué no?

Y dicho esto, se puso a cantar una canción sobre los meses y las estaciones que iba componiendo sobre la marcha, pues tenía gran ingenio para ello.

Había entrado Iridnia en la casa para ver a Tarsiván. Venía con sus padres y hermanos, y, apenas cerrada la puerta tras de sí, habían permanecido de pie escuchando al cantor. Después de que el músico interpretase unas cuantas canciones más, volvieron los albos a conversar sobre sus inquietudes, dirigiéndose de nuevo muchos al vetusto forastero.

—¿Por qué a veces tienes el gesto tan preocupado? —preguntó Iridnia—. Es como si extrañas sombras rondaran por tu mente, Morleguin. Pensamientos que no quisieras contar pero que te atormentaran y ocultaran extraños designios. ¿Es que acaso no eres feliz entre nosotros?

—No seas indiscreta, hija —repuso su madre.

—"Siente el viejo albo que se acortan sus días y atardece sobre su corazón —empezó a entonar Vastaro mientras tañía de nuevo las cuerdas de su instrumento—. La hoguera convertirá cenizas sus recuerdos y teme dejar este mundo con rumbo a las estrellas".

—Tienes talento, cantor —dijo el anciano—. Pero te equivocas. No me asusta la muerte, ni viajar hacia el crepúsculo. Y no podría tener mejor compañía que la vuestra, Iridnia. Me inquietan otras cosas que ni los jóvenes demasiado preocupados por vivir, ni los maduros por mantener a los suyos, parecen ver y que, en cambio, nosotros los viejos presentimos. Cada generación que pasa es más terrena y menos de los astros —continuó Morleguin—. Eso no es malo, pero el mundo es un desconocido hasta para nosotros y... siento sombras; sombras en sus profundas entrañas, sombras en su desarrollo y en nuestro destino sobre él. La Tierra y las bestias nos respetan. ¿Pero hasta cuándo? ¿Hasta cuándo nos sentiremos todos los albos hermanos?

—Qué dudas más extrañas tienes, Morleguin. Serán quizás propias de la edad o de tu gran sabiduría. ¿Es que puedes acaso ver el futuro? —preguntó Gradiano intrigado.

—No. El futuro es impredecible —respondió el sabio personaje—. Pero sí siento las fuerzas que hay sobre la Tierra, y muchas me son desconocidas y misteriosas.

No duró mucho más aquella conversación, pues el anciano alegó que debía volver a su cabaña a descansar.

—Es noche cerrada —repuso la mujer de Gradiano—. Quédate a dormir aquí si te place, Morleguin. Estaremos todos más reconfortados.

—El cielo está lleno de estrellas y la noche es clara —repuso el aludido—. Gracias, Malvinia, pero no hay nada que temer. La nocturnidad de la tierra no son las tinieblas para este viejo albo. Adiós a todos, y que Margald os acompañe siempre en vuestros sueños.

Marchó, pese a las protestas, y sintió el suave frescor de la noche primaveral cuando abrió la puerta. Atrás fue dejando la luz, la animación y las canciones que empezaban a desgranar todos al ritmo de la música.

Las estrellas en lo alto iluminaban los pasos del anciano junto con una gran luna que poco a poco iba remontándose en las alturas. Los ruidos noctámbulos del campo acariciaban sus oídos según subía la suave ladera y pronto ante él, como una gran sombra, apareció el bosque. En un rincón remoto de la foresta, como designio de una sabiduría desconocida, ululaba el búho, mientras toda la espesura sumida en el ambiente nocturno transmitía una serena belleza no exenta de misterio.

CAPÍTULO V

LA MALDICIÓN
DE LA MATERIA

L a materia crece, cambia y se corrompe. Tiene sus límites y sus exigencias. La Tierra, el corazón de Universo, era pura materia, con todo el peso que ello conllevaba y sobre la que el tiempo actuaba de una manera extraña, desconocida e inexorable.

Aquel mundo álbico, tan feliz en apariencia, tenía sus días contados porque el orbe aún guardaba terribles secretos que mostrar. Dentro del corazón de Universo albergaba el mal que había convertido al gigante en un ser sin sentimientos e ilusiones. En lo más profundo de aquel pétreo órgano, en una hedionda y oscura caverna iluminada por tenebrosos fuegos, habitaba Nakbar, el Señor del Mal y las Tinieblas. Dueño de aquel mundo de materia inerte, moraba entre una multitud de monstruosos esbirros que él mismo había creado. Eran estos seres grotescos y sin espíritu, que se conducían tan solo por los instintos más bajos y crueles de la existencia, y que carecían por completo de identidad propia con la que discernir el bien y el mal, ya que eran hijos y esclavos de los abismos. Danzaban enloquecidos en torno a un fuego de rojizo resplandor que no daba apenas ni luz ni calor pero que, en cambio, todo lo quemaba y destruía entre sus retorcidas llamas, inquietantes y aterradoras.

Era aquel siniestro espacio víctima de la maldad por la maldad, de materia podrida y enferma por el sinsentido y el estancamiento. Un mundo ciego que nunca había visto el sol y que jamás querría verlo. Era la materialización misma del sentimiento egoísta, absurdo y hosco que llevó al corazón de Universo a encerrarse en sí mismo y a no querer comprender nada.

Pero sucedió que las raíces de los más grandes árboles llegaron en su descenso a los dominios de Nakbar. Este, extrañado de aquella nueva aparición en sus lares, envió a algunos de los suyos a que escarbasen un túnel y le contasen lo que sucedía en aquel mundo exterior que había sobre ellos. Alguno de aquellos esbirros ya se había asomado a la superficie del corazón que habitaban, moviéndose durante los momentos de oscuridad, pero como eran seres necios y absurdos, no llegaron a comprender cuanto observaron. Bajo las órdenes del dueño de sus voluntades, tenían una idea más concreta de lo que buscar. Al cabo de un tiempo los espías volvieron y trataron de explicar todo cuanto habían visto, siempre de noche o en la penumbra, pues sus ojos no podían soportar la luz del sol, e incluso algunos regresaron cegados por ella. El Sol, la Luna, la vida, la naturaleza, los bosques y los albos, apenas si podían quedar perfilados por sus pobres términos y vocabulario. Pero Nakbar, aunque malvado, poseía una mente despejada y comprendió en seguida que algo magnífico sucedía en la superficie y que debía caer sobre ello. Aunque terriblemente irritado, no demostró su furor para no crear sospechas de temor entre sus esbirros. Luego envió a una multitud de ellos con grandes sacos para que le trajesen tierra de aquel mundo exterior. Si debía combatir en aquellos territorios, le hacía falta la materia que había sentido la luz y el calor del sol, la humedad de la lluvia y el rocío, aquel suelo sobre el que crecía y se desarrollaba la vida.

Partieron los suyos bajo terribles amenazas si no cumplían su cometido. De noche, recogieron lo que su señor les había pedido, y al cabo de un tiempo ya estaban de vuelta en aquel lugar donde el paso de aquel no existía, pues no había ni sol ni luna para medirlo.

Nakbar volcó todos aquellos sacos junto a un enorme foso llameante, en donde relucían temibles y crueles las brasas. Sentía una terrible rabia en sus oscuras entrañas, y poseído por ella se introdujo en la ardiente cárcava. Luego, poco a poco, comenzó una lenta cadencia, que hacía presagiar una gran amenaza. El señor de aquel mundo de tinieblas iba abriendo rítmicamente un sinuoso camino en aquel mar llameante que siempre ardía en su oscuro y siniestro reino. Era el fuego que quema y consume, pero que por siempre ha olvidado las propiedades de luz y calor que hacen tan acogedora y necesaria la caricia de una buena lumbre.

Así fue entrando lentamente y dando a su vez comienzo a una pavorosa danza de muerte y destrucción: un loco paroxismo al que pronto se unieron sus siervos, dejándose todos llevar en una terrible orgía de maldad y caos que no tardó en salpicarse de la sangre de muchos que se autoinmolaban o eran sacrificados por sus propios compañeros, presas de su sed de maldad.

Y mientras Nakbar bailaba, la superficie de la Tierra comenzó a moverse y agrietarse en numerosos lugares, el mar se agitaba entre terribles tempestades y algunas montañas se rompían, o surgían otras nuevas, entre tremendas nubes de fuego y ceniza. El corazón de Universo se convulsionaba y mostraba el poder oscuro que anidaba dentro de él.

De pronto, Nakbar, el señor de aquel mundo de tinieblas, detuvo su baile maldito y se dirigió al gran montón de tierra del mundo exterior. Saliendo del foso arrojó un montón de ella sobre las brasas. Sus sirvientes quisieron imitarle, pero él les detuvo aduciendo que aquello era un bien muy preciado para dejarlo en sus manos, pues solo con la propia materia de aquel mundo de la superficie podría crear enemigos al mismo.

Entrando de nuevo en la zanja de las ascuas, comenzó otra vez su maligno baile. Pronto alcanzó el éxtasis y su cadencia se hizo frenética. Luego, volviendo a coger más sustancia de la que le habían traído sus esbirros, la fue arrojando de nuevo sobre la masa roja e incandescente, mezclando ambas al paso de su espantosa y electrizante danza. Después, metiendo entre los rescoldos y la tierra sus renegridas garras, pues más a esto se parecían que a unas manos, tras remover y agitar las sustancias, sacó unas cuantas que brillaban en sus oscuras zarpas, rojizas y candentes. Las aplastó unas con otras fundiéndolas y mezclándolas, y, empezando a jugar con ellas, comenzó a moldear una extraña figura.

Iba tomando forma aquella masa al rojo vivo cuando, agitándola, la arrojó al fuego con fuerza. Al instante, dando saltos y alaridos, surgió la contrahecha figura de una especie de enano, que empezó a correr como huyendo de las llamas aunque sin saber muy bien hacia dónde dirigirse, confuso e ignorante de a cuál mundo pertenecía. Nakbar repitió su operación riendo a carcajadas. Primero dos, luego tres, después diez... y de una misma brasa moldeada surgieron varios de aquellos seres, hasta componer una multitud.

Y así, mientras aquellos duendecillos de aspecto deforme y verdosa piel se agitaban como peleles sin voluntad, quizás como esperando una orden que les diese su razón de existir, su maligno creador se puso a pasear y a bailar en torno a ellos diciendo:

—Bienvenidos a la existencia, pequeños monstruos, si es que a eso se le puede llamar existir. Os he creado de la tierra y el fuego para que me sirváis. Saldréis al mundo exterior para emponzoñarlo todo con vuestra maligna presencia. Igual que la cizaña crece entre la buena hierba y la aniquila, así haréis vosotros, sembrando entre los corazones albos malos sentimientos. Susurraréis palabras de odio que arrastren tras de sí la codicia, la envidia y los malos deseos. Crearéis rumores que rompan la frágil armonía de la ingenuidad álbica. Y durante las noches desvelaréis su sueño con extraños sentimientos de angustia, tejiendo en torno a sus corazones el leve y poderoso manto de la insatisfacción y el miedo. Invadid ese orbe que hay sobre nosotros y que tiene por bóveda el cielo estrellado. Ascended con la lava por los mil volcanes que yo he abierto sobre su superficie; escalad por las grietas que abren las carnes de la tierra; subid por las cuevas que, como pozos sin fondo, se convierten en puertas de nuestro mundo de sombras. Partid presto y sembrad vuestra maligna semilla, apagando la luz de esos inocentes corazones para que así puedan conocer la eterna oscuridad de mi poder.

Marchó aquella masa de seres entre risas y llantos, griterío y confusión, pues sus sentimientos, lejos de ser coherentes, variaban por instantes, pasando de la histérica alegría a la profunda tristeza en breves segundos.

Luego, volviendo Nakbar a su danza, cogiendo de nuevo ascuas y cenizas del fondo de su inmensidad ígnea, las mezcló con la tierra, volviendo a engendrar por el mismo método nuevos seres con los que propagar la maldad por el orbe. Esta vez, con andar lento pero a la vez inquietante, empezaron a surgir extraños animales con aspecto de perros, pero cuyos cuerpos, sumamente esqueléticos y de mala figura, hacían dudar que fuesen canes. De piel pálida y descolorida, que en algunas partes habían perdido el pelo, y con desagradables manchas que mostraban una carne macilenta y amoratada, sus cuerpos semejaban osamentas, de flacos que estaban. Aullaban tristemente, mientras se movían pestilentes, de aquí para allá, como fantasmas. Poseídos por extrañas fiebres, parecían buscar cobijo en el mundo para sembrarlo de turbias y putrefactas sombras que, quebrando la salud de la vida, arrastrasen a la muerte.

—Malos perros seáis y no fieles compañeros —dijo Nakbar viendo a sus nuevos hijos—. Subid al exterior de este corazón petrificado y recorredlo, para que vuestro sórdido aullido sea presagio de dolor y sufrimientos. Porque vosotros seréis el propio espectro de la peste. De mil formas diferentes llegaréis sembrando el pánico y la desesperación, llevándoos como cortejo cuantas vidas podáis. Y así los albos se sentirán inquietos y apesadumbrados, pues en sus propios cuerpos podrán fermentar mil males que les aniquilen para siempre. Partid, y con el atardecer llegad a su mundo en silencio para hacerlo maldito.

Ascendió al exterior aquella jauría enfermiza, dando aullidos escalofriantes y dejando tras de sí un horrible hedor, como de una multitud putrefacta, que se fue filtrando entre el mar de brasas. Luego, aquel dueño de las sombras, ajeno a tamaña pestilencia, comenzó de nuevo con su macabro ritmo a seguir fabricando horripilantes seres que arrojaran males terribles y desconocidos sobre el mundo de los albos.

Eran ahora los que por todos lados vagaban, mientras Nakbar seguía cogiendo ascuas y arena, modelándolas, y, tras agitarlas, las arrojaba para que cobrasen vida unas extrañas criaturas que, aunque lejanamente se parecían a los albos, todo en ellas les alejaba a la vez de su recuerdo. Tétricas, tristes y esqueléticas, había en ellas mucho más de muerte que de vida. De aspecto sórdido, sin pelo, de color violáceo y como enfermizo, andaban tan encorvadas y débiles que parecían más arrastrarse a cuatro patas que a caminar con dos.

Y de nuevo el Señor de las Tinieblas les habló para que conociesen el cometido por el que les había dado existencia, aunque, más que existir, todos aquellos seres eran como espectros, y como tales sombras debían fundirse con el mundo para volverlo tan escuálido como ellos.

Dijo así Nakbar:

—Vosotros, avariciosa especie, haced escasear los bienes de la tierra, y que la que fuese tan generosa se vuelva yerma y ruin a vuestro paso. Escalad las paredes de esta cueva y con la noche arrancad las siembras para hacer conocer las penurias y el sufrimiento. Llevad el hambre y la pobreza en sus mil formas allá donde paséis. Que los campos no den fruto, que las cosechas se arruinen y los animales mueran sin poder servir de alimento. Y así, en la desolación, unos y otros se arrojen sobre la comida y la bebida, robándosela entre ellos y luchando para sobrevivir, huyendo del horror del estómago vacío y su presagio de muerte.

Aquel malvado personaje volvió de nuevo a ver marchar sus pérfidas legiones. Él mismo se maravillaba de dónde en su mente podría surgir tanto ingenio y lo atribuía en parte al contacto con la tierra del mundo exterior, que había iluminado su maligno espíritu para engendrar tantos seres perversos. Sin cansarse de bailar, ni agotar su pensamiento en asestar terribles maldiciones sobre la vitalidad de los albos, de nuevo se enfrascó en su siniestra ceremonia, pues se sentía inspirado después de tanto tiempo de inactividad en el interior del corazón de Universo.

Luego, en su cadencia, engendró unas extrañas bestias que parecían mezclar la robustez del jabalí, las fauces del lobo y el áspero tegumento de los reptiles. Su repugnante piel era una confusión de manchas pardas, negras y gualdas; sus ojos dos ardientes brasas encarnadas; y su terrible boca rebosaba de afilados dientes y amarillenta espuma. A aquella jauría de seres horribles, a los que nadie podría definir como animales, Nakbar ordenó:

—Bestias insaciables seréis, sin nada más que rabia en el corazón. Mostrad a los animales que allá arriba viven vuestro furor, emponzoñando su ánimo para que pierdan el respeto que guardan hacia quienes les engendraron. A vuestro paso, sentirán todo el peso de su brutal condición, el dolor del hambre insatisfecha y el odio por todo aquello que los ciñe, y lo convertirán en hostilidad hacia el mundo y los albos.

Partieron las feroces alimañas y aquel maligno hacedor continuó con la siniestra labor brotando de sus manos. Esta vez sus criaturas surgieron en menor número, aunque de mayor tamaño, arrastrando de nuevo su poso de maldad en aquel reino de sombras.

Montados sobre oscuros e inquietantes corceles y cubiertos por enormes capas negras que nada de ellos dejaba a la vista, un numeroso grupo de jinetes de tétrico aspecto aparecieron galopando sobre las llamas, ocultando su rostro bajo la capucha de su sayo, de cuya enigmática sombra tan solo dos temibles y relucientes puntos de color indefinido, que debían de ser los ojos, eran lo único perceptible. Cada uno portaba en sus huesudas manos, reluciendo siniestramente a la luz del fuego, una gran espada.

Irguiéndose sobre sí mismo y alzando tétricamente su voz, Nakbar encargó a sus nuevos mensajeros su temible cometido.

—¡Ay! Aguardad la noche, porque vosotros seréis los jinetes de las sombras y cabalgaréis en la oscuridad como si fuesen vuestro dominio. Sembraréis el miedo cuando la luz del día haya desaparecido, tornando inquietante y desapacible el silencio nocturno. Pobres de los albos, que desconfiarán de la noche y la sentirán como territorio ajeno a su dominio. Triste ironía para ellos, hijos como son de las estrellas. Las noctámbulas tinieblas ya no serán tiempo de calma y reposo, sino que les amedrantarán hasta sentir pánico e imaginarán mil peligros a cual peor. Y en las largas y frías noches de invierno, cuando escuchen lejano el aullido de los lobos al descender de las nevadas montañas, ellos se acurrucarán asustados buscándose los unos a los otros. Pero para entonces yo ya habré encendido en su corazón la llama de la desconfianza y la duda, y abierto la herida del rencor.

Marcharon los sombríos espectros trotando al principio y luego a veloz galope a cumplir su infame cometido. Su señor, que por un instante había parecido dar muestras de debilidad, se recompuso de nuevo y, poseído de una extraña energía, se dispuso a continuar de nuevo con sus trabajos. Entonces se acercó ante él uno de sus esbirros y, extendiendo sus brazos, le mostró un corazón que parecía aún palpitante.

—Un corazón de albo para saciar con su sangre mis siempre sedientas llamas —exclamó aquel creador de engendros maléficos.

Después cogió el vibrante órgano entre sus manos y, estrujándolo, hizo manar la sangre rociando las brasas y haciéndolas crepitar. Luego, mezclándolo todo en su frenético y violento baile, comenzó a arrancar nuevas formas a la materia ardiente en un supremo esfuerzo final.

Pronto, multitud de arrogantes y magníficos guerreros montados sobre briosos corceles cabalgaban impetuosos a su alrededor lanzando feroces gritos de combate, poseídos de una insaciable ira y anhelos de venganza. Todos ellos, incluidos sus fogosos caballos, parecían como bañados de un furioso tono rojizo, reflejo de las llamas que por todos lados les rodeaban y el sanguinolento líquido vertido, triste augurio de lo que aún habrían de derramar. Sus armas, yelmos y corazas brillaban también encendidos en tonos encarnados.

Nakbar, sentado en una roca en medio de aquel mar de fuego y contemplando siniestramente orgulloso el último ejército por él fundado, exclamó:

—Por fin llegáis vosotros, mis orgullosos soldados, forjados con fuego y sangre, rojos como la ira que lleváis dentro. Invadid el mundo enfebrecidos de poder y ansias de guerra. Tan solo el rojo elixir de la vida puede saciar la sed que os quema. Recorred la Tierra cargados de soberbia, desdeñosos de toda compasión, y haced de ella mil campos de batalla. Erraréis por el orbe sobre vuestro corceles, armados hasta los dientes y encerrados en sólidas e inmisericordes corazas, buscando la gloria o la muerte, y arrancando por el peso de vuestras armas lo que otros consiguieron fruto del esfuerzo de su trabajo. Partid, señores de la guerra; encontrad mil razones para hincharos de ira y destrozad a los albos y su mundo con el terrible filo de vuestro acero.

Y, viéndoles marchar poderosos, coléricos y disciplinados a la vez, permaneció sentado, resoplando constantemente como si aquel último y supremo esfuerzo, en el que había llegado a derramar su propia sangre presa de su frenesí, hubiese agotado todas sus energías.

De pronto, una enorme sombra volvió más oscuro aquel mundo. Y una voz profunda y temible que parecía surgir de la tierra que aún quedaba entre las brasas se elevó tétricamente sobre el océano de fuego.

—Te olvidaste de mí, Nakbar, y sin embargo yo soy la principal puerta a la total oscuridad —hubo un terrorífico silencio—. Yo soy la gran sombra. El gran silencio. Soy la muerte, el vacío total. Soy el peor mal que puedes enviar sobre la Tierra, pues mi paso niega la vida y la esperanza. Conmigo los albos temerán morir y no podrán ya más aceptarlo en paz, como hasta ahora.

Un gran espectro flotaba en el ambiente desasosegando al propio Señor de las Tinieblas, que pronto comprendió que aquello anidaba dentro de él mismo, en lo más profundo de su ser, hasta llegar a dominarle. Aquel era el camino de la negación total y de la nada, el mismo que había arrastrado al corazón de Universo a su trágico destino.

Y así Nakbar, permitiendo salir, más que enviando, a aquella temible aparición, concluyó la siniestra danza que había de llevar la maldad sobre la Tierra. Toda esa multitud de perversos engendros habían de ser como espectros, fantasmas que invadirían el mundo exterior para fundirse en él y, transformándolo horriblemente, dominar la mente y el corazón de los albos hasta el fin de los tiempos. Aquellas extrañas y terribles criaturas, que en sucesivas oleadas habían de infestar el orbe álbico, tenían largo tiempo para hacerlo, pues aunque nada de lo surgido en la caverna de Nakbar podría perpetuarse en el exterior, la Tierra estaba cubierta de tinieblas para ellos y la semilla que sembraran había de quedar para siempre.

* * *

Atardecía. El cielo estaba límpido y transparente. El sol caía lánguidamente inundando todo de la belleza de sus últimos reflejos. Corría una suave brisa que balanceaba ligeramente los altos álamos. En una pradera, sobre los frescos pastos de primavera, un pastor avanzaba serenamente con su rebaño, camino del redil. Los bosques cercanos estaban cuajados con la frondosidad de la estación de las flores y por el sonido de los pájaros al atardecer. Era una bella estampa, bucólica, pero de una hermosura extraña que parecía evocar el esplendor de un mundo que pronto fuera a desaparecer. Era como el último destello de un paraíso.

Si alguien hubiese subido a la lejana cordillera que se alzaba al noreste, habría sentido la proximidad de un fuerte vendaval y, tras él, una negra masa de nubes acechando con la mayor tormenta que arrojara la oscuridad al orbe, entre un piélago de sombras, en la más larga y tenebrosa de las noches.

Pero, sin embargo, con el sol ya tan solo un recuerdo purpúreo en el horizonte, aquel lugar estaba sumamente hermoso. Aunque la quietud que emanaba de él se volvió de pronto tensa, una calma tirante y pesada que hizo callar a las aves sobresaltó a los venados de la floresta. Las ovejas y el perro también se removieron inquietos, y, con ellos, el albo que los acompañaba.

Hubo una gran calma, una calma desconocida e insana. Y después la tierra tembló, se agitó y se rompió. El hermoso campo primaveral comenzó a agrietarse, tragándose con las fauces de la tierra abiertas rocas, árboles, animales y gentes. Mientras, como si fuese el hedor de un aliento nauseabundo, emanaban seres malignos de lo más profundo de sus entrañas. Y el corazón de muchos albos comenzó a resquebrajarse en aquel momento.

Pero, sin embargo, en ningún momento dejó de soplar una suave brisa que aliviaba aquel dolor y anhelaba una esperanza.

* * *

Reventaron las montañas y por sus hondos cráteres empezó a salir un líquido viscoso y ardiente, en el que, mezcladas entre las rocas incandescentes, descendían igual de destructivas las ominosas criaturas del poder oscuro.

Las hordas del Señor de las Tinieblas invadían el mundo de la superficie confundidos entre la lava, trepando por las grietas que los seísmos abrían en el petrificado corazón, ascendiendo por las profundas cuevas que comunicaban su maligno territorio con el del cielo abierto.

La tierra se removía cruel tragándose campos, animales y gentes álbicas, dejando después enormes cicatrices abiertas sobre su piel rugosa. El mar agitado hacía naufragar a toda embarcación que quedara atrapada entre sus insaciables olas y el agua desbordada inundaba los terrenos y las aldeas de los litorales. El mal había penetrado en el orbe, rompiendo para siempre su armonía y abriendo una horrible herida que quedaría indeleble sobre el mismo hasta el final de los tiempos. A la furia de la tempestad y el desastre siguieron el hambre y las enfermedades. Los sirvientes de Nakbar arruinaban las cosechas y envenenaban las aguas matando a gentes y animales, mientras hacían caer sobre los albos terribles enfermedades. El mundo se mostraba hostil; la naturaleza, maligna, y la oscuridad, temible. La antigua estirpe de los albos se fue volviendo débil y doliente; su ánimo se tornaba melancólico y nostálgico; y lo que era aún peor: estaban cayendo en la más profunda desesperación, incapaces de dar explicación alguna, desde su original inocencia, a todo cuanto estaba sucediendo. La materia hacía mostrar su lado adverso y negativo con crueldad y violencia insospechadas.

El temple de los albos estaba terriblemente quebrantado. Algunas de las gentes de las tinieblas habían tomado su aspecto y, aprovechándose del caos imperante, empezaron a sembrar la discordia entre ellos. Incitaron a aquellos albos que se encontraban más desconcertados a practicar extraños ritos que ellos, en su angustia, no comprendieron que estaban demasiado cerca de la vaciedad y la muerte. Por la noche se veían las antorchas de largas procesiones de albos que, cegados por la desesperación, cantaban y adoraban las más bajas pasiones y hasta sacrificaban a sus propios hermanos en nombre de un oscuro Señor de las Sombras.

La lengua álbica, que siempre había sido una y la misma para todos, se empezó a quebrantar, apareciendo extraños términos y signos, comenzando a hacer casi imposible la comunicación entre los propios albos.

Pronto vinieron los asaltos y los enfrentamientos. Albos atacaban a albos, hermanos contra hermanos, y se lanzaban en una fiera y encarnizada lucha en la que no existían bandos ni objetivos, ni gloria ni derrota, solo la lucha sin sentido, la violencia por la violencia, la muerte y la destrucción sin promesa alguna de paz.

CAPÍTULO VI

EL MUNDO BAJO LAS SOMBRAS

El volcán, con sus lenguas de fuego y explosiones, dominaba la noche como un gigantesco amo de las tinieblas. Aunque lejano, en la oscuridad total que le rodeaba, su presencia se sentía obsesivamente entre las sombras nocturnas.

Agazapado entre las rocas y el reseco suelo, un lagarto contemplaba aquel cielo donde los resplandores daban un tono sanguinolento al firmamento. De pronto, algo semejante a una gran araña convertida en garra se alargó hacia él arrancándolo de su quietud, y abriendo una amplia boca de puntiagudos dientes lo devoró con avidez. El reptil, concentrado en los reflejos que emanaban de aquella montaña dueña de la noche, no había visto aproximarse la grande y escuálida mano de aquel ser que parecía haber surgido de lo profundo de la tierra. Algo en su aspecto recordaba a un albo famélico y enfermizo. La piel, apenas visible en la oscuridad, era de un sórdido aspecto, mientras que su boca ensangrentada por la víctima parecía no poder saciar nunca a su vientre hinchado de forma siniestra.

No muy lejos de tan macabra escena, un grupo numeroso de albos se había apartado del resto de su caravana y conversaba acaloradamente ante aquella atmósfera densa y terrible que les rodeaba. Próximos se oían los gemidos de los pequeños que temblaban en aquellas noches aciagas, y sus lamentos dolían tanto como el fuego tenebroso que les iluminaba a todos.

—¿Hasta cuándo vamos a seguir así? —preguntó un joven albo, desesperado, a los que le rodeaban—. Hemos perdido nuestras tierras arruinadas por las malas cosechas. Enfermaron, hasta morir, nuestros animales y también muchos de nosotros. Tuvimos que abandonar las aldeas, y el camino no ha sido más que un sendero de desdichas.

—El mundo está enfermo. La tierra arde y muere de sed, y otras veces, en cambio, se congela. Tú ya has visto lo que hay, tanto como nosotros —corroboró otro individuo un poco más maduro—. ¿En qué debemos creer? ¿Hacia dónde debemos ir?

—Yo sufro tanto como vosotros —dijo el que detentaba la jefatura de aquel grupo de albos errantes—. Mi cargo no me inhibe, ni me salva de las desdichas, y lo siento más bien como un peso, pues cualquier responsabilidad, cualquier decisión, no son más que una espiga azotada por el vendaval. Pero os pido que guardéis la calma. Hemos visto a otros hermanos albos en la misma situación, y sois muchos los que os habéis unido a nosotros por el camino. Tú mismo, Protax, fuiste uno de ellos —añadió dirigiéndose al que primero había hablado— cuando te encontramos solo y enfermo en medio de una terrible tormenta.

—No puedo olvidarlo, pero tampoco puedo negar lo que es evidente: lo que ven mis ojos y entienden mis sentidos. El mundo está roto —habló de nuevo el aludido—. Quizás debamos adaptarnos a los nuevos tiempos, por terribles que sean, y escoger otra forma de vida. La época que nos ha tocado vivir es tan confusa que ya es difícil distinguir entre el bien y el mal, y tan solo la supervivencia aparece como realidad absoluta.

—El camino que insinúas es peligroso, ya solo porque te ronde por la cabeza —volvió a decir Norván, que así se llamaba el jefe—. A esos principios, de los que te permites dudar, debes que ahora estés con nosotros.

—¿Es que acaso no puedo decir lo que pienso? ¿Me pides que calle ante lo que nos rompe el alma a todos? —volvió a interpelar Protax—. El mundo ya no es lo que era. El futuro ya no consiste en seguir unos principios o unas convicciones, sino en mantenerse vivo y anteponer las conveniencias.

—¿Qué quieres decir con eso? —exclamó un viejo llamado Tránsico, a quien todos respetaban en aquel grupo—. Ya te lo ha dicho Norván: tú mismo estarías muerto según esas conveniencias. Ser albo no es solo comer y mantenerse vivo, es mucho más que sobrevivir. Hay unos principios sagrados que nos hacen distintos, que nos permiten superarnos como simples vivientes, pues venimos de las estrellas. Debemos seguir luchando por ello, pues si no, desapareceríamos como lo que somos y el orbe se hundiría en el caos. —El anciano se detuvo un momento para continuar con su palabra encendida— Protax, ¿quieres acaso envenenarnos el corazón? Los que piensen así podrán sobrevivir, pero ya poco tendrán de albos.

—Hubo un breve silencio en el que se sintió cercano el sordo rumor del volcán—. Además, no todas las tierras pueden haber caído bajo este horrible designio, el mundo es amplio. Quizás debamos partir hacia el océano del Poniente, hacia el oeste.

—Sí, somos albos, pero la Tierra se ha olvidado de nosotros —continuó declarando el joven rebelde—. El mar estará tan enfermo como el resto de todo lo que se posa sobre el gran corazón, si es cierto lo que cuentan. El cielo azul, el sol radiante, los campos verdes, las aguas azules..., todo eso lo debieron soñar nuestros abuelos, porque yo sólo conozco este horizonte de acero que nos ahoga.

—Haces mal en hablar así y cuestionar todo, porque yo conocí los buenos tiempos, y Norván y otros también los vislumbraron, y si los hubo, pueden volver —le increpó el viejo—. ¡Por Margald! Si el mundo se muestra tan horrible ya, tú no lo vuelvas peor con tus palabras.

Protax, sintiendo crecer la animadversión contra él, se alejó seguido por un par de compañeros.

—¡Por Margald! ¡Por Margald! —repitió el disidente con tono burlón dirigiéndose a quienes le escoltaban, prosiguiendo—: Viven en la necedad y la nostalgia. La Tierra ya no es como aún la imaginan. Escuchadles por la noche lamentándose y extrañando los buenos tiempos con canciones y relatos que hieden a mentira, mientras elevan sus oraciones para que estos retornen. Creo que esa época añorada nunca existió, y aunque así fuese, no tiene por qué volver.

—Y ¿qué quieres que hagamos? —preguntó Lastros, uno de sus dos camaradas.

—El mundo está enfermo, y tan solo vencerán en él los fuertes o los astutos —persistió Protax—. Mirad las fieras. Cazan, matan, y la más poderosa es la que domina. Hagamos eso nosotros sobre los demás albos. Robémosles y sometámosles. Hay poco de lo que vivir, y quien lo posea será el que sobrevivirá. Se acabó respetar a nuestros semejantes, si es que lo somos, y acojamos a los que se nos quieran unir. Abandonemos los sagrados y trasnochados principios álbicos. Viviremos del merodeo y el pillaje, ahora que las tierras se han vuelto estériles. Cuando hay poco, cuantos más seamos a repartir, menos habrá, y quién más posea mejor aguantará. Y si no nos tiembla el pulso al ejercer la violencia, nos haremos fuertes poniendo a otros albos a nuestros pies.

—Si Norván te escuchase, no sé qué te haría —exclamó de nuevo Lastros.

—No tiene por qué enterarse, y como mucho me desterraría —dijo el que se iba perfilando como cabecilla—. Y eso ya lo voy a hacer yo, aunque no tengo por qué realizarlo solo. ¿Queréis uniros a mí?

—¿Cómo? ¿Dejarlo todo? —inquirió Wildom, que era el nombre del tercero en aquella conversación de conspiradores.

—No tenéis familia ni obligaciones. Sondeemos a los que estén descontentos con esta forma de vida —siguió exponiendo Protax, que se había erigido ya como nuevo líder en aquella disidencia—. Hagamos un grupo, y una noche nos marchamos con armas, caballos y comida. No pasará mucho hasta que encontremos a otros albos a los que robar, y viviremos de la rapiña. Os aseguro que no tardarán en querer unírsenos otros muchos.

Aquella noche, cuando dormían, o al menos lo intentaban, aparecieron de pronto unas figuras tan pequeñas como siniestras. Tres enanos de aspecto deforme y cuya verdosa piel parecía refulgir en la nocturnidad se acercaban a las cabezas de los durmientes y, diciéndoles extrañas palabras al oído o tocándoles la frente, entraban inquietantes en sus sueños, pues los inconscientes cuerpos se agitaban a su paso. Aquellos seres se movían escurridizos entre las sombras, sin ser percibidos, sembrando sus mórbidos sentimientos como una cizaña en el reposo de los albos.

Con la mañana, los compañeros de Protax volvieron a recordar las promesas del aspirante a ser su caudillo, disponiendo a encomendarse a ellas durante esos días, mientras como fugitivos avanzaba aquel grupo albo por un mundo donde el sol parecía haber desaparecido. El día y la noche se confundían en aquella oscuridad. Grandes humaredas se elevaban a un cielo plomizo, salpicado aquí y allá por los resplandores de los fuegos que arrasaban la tierra.

Aquel paisaje era como un futuro sin promesas y una existencia convertida en condena. La tierra era negruzca y los árboles sin vida se habían tornado de un tono grisáceo y descolorido. Cada paso parecía como si la tierra se lamentara exhalando humo y polvo. Las hierbas raquíticas eran batidas por un viento desgarrador que sin embargo nunca conseguía arrancar las nubes de aquel cielo tóxico, terrible y agobiante.

En aquel entorno de cenizas, negras y pardas, las vestiduras blancas de los albos destacaban recortándose cual sombras luminosas, como espectros en un mundo que no comprendían y sentían extraño.

—Desconfían de mí —decía Protax a los suyos cuando se retiraban en la noche a murmurar—. Pero no les queda mucho tiempo para hacerlo.

—Hay otros que se unirían a nuestro grupo, pero la condición que ponen es que marchemos lejos y nunca ataquemos a los nuestros —le informó Lastros.

—Diles que estén tranquilos por eso: les doy mi palabra. El mundo es amplio y está lleno de albos a los que despojar de cuanto tengan —contestó su futuro jefe con una calma cínica.

Y mientras esto decía, por su mente cruzaban extraños y potentes pensamientos: pues, además de ejercer su poder, ansiaba regresar para hacérselo patente a quienes le habían ignorado y demostrar a todos lo acertado que estaba en su elección. Quería arrancarles también las pocas pertenencias que aún les quedaban a Norván y a los suyos, y de entre todas a su joven y bella esposa, a la que había deseado desde la primera vez que la viera.

Todavía no había clareado, aunque era poca la diferencia entre día y noche. Nadie pareció escuchar los rumores de los que se arrastraban por entre el grupo mientras dormía. Poco después, escondidos entre la penumbra, diez caballos rompían el silencio de aquel amanecer oscuro, partiendo con sus respectivos jinetes hacia un destino incierto y tenebroso. A su paso, mientras cabalgaban sobre aquel suelo recubierto de cenizas, dos alimañas se recortaron sobre el lejano horizonte de forma tan melancólica como terrible. Eran como perros enfermizos, escuálidos, despellejados y pestilentes, que comenzaron a aullar llenando el espacio con su sonido triste, horrendo y temible.

* * *

Nakbar no se cansaba de danzar. No quería parar. Pero algo le decía que aquel triunfo no podía durar mucho.

Así fue. El Sol, la Luna y las estrellas empezaron a actuar positivamente sobre aquel mundo soterrado de males, el cual había desaparecido a la vista de las fuerzas celestes sucumbiendo a las terribles humaredas que habían provocado las explosiones de los volcanes y que habían cubierto amplias zonas de la Tierra con espesas y negras nubes. Fue Frassar, el astro de los vientos, el que luciendo una madrugada hizo soplar un aire fuerte y nuevo que se fue llevando la densa humareda que cubría el orbe. Luego, Osvoro trajo la lluvia sobre los campos secos y quemados por las catástrofes. Las hierbas reverdecieron y algunos árboles florecieron. Por fin Helvro hizo caer una gran nevada que cubrió una buena parte de la Tierra, sanando muchas heridas que cubrían su superficie. Viendo al Sol, la Luna y los luceros brillar de nuevo en un cielo límpido, muchos albos recompusieron sus ánimos y miraron al firmamento con esperanza, creyendo estar menos solos. Pero el mundo seguía aún bajo las sombras, pues el mal había infestado los corazones y la gran roca universal, faltando motivos con los que hacerle frente.

* * *

Negro sobre el blanco, el cuervo oteó el horizonte desde una rama mecida por el viento, para después echar a volar, abandonando el bosque, y como un mal presagio cruzar por encima de una carreta y la aldea. Era una tarde de invierno; todo estaba cubierto bajo el pálido manto de la nieve y un cielo gris plomizo y taimado.

De pronto sonó un cuerno de caza, seguido de un grito guerrero y después otras voces, relinchos y el sonido del metal. Inmediatamente, de aquel bosque desnudo y hasta hacía poco silencioso surgió una masa de jinetes vestidos con oscuras capas y montados sobre briosos corceles.

El albo del carro apenas pudo hacer algo más que caer abatido al paso de aquella jauría belicosa, que en una feroz cabalgada enmudecida por la nieve entró pronto en el pequeño villorrio.

Una de las cabañas de madera empezó a arder, mientras los pobladores salían a combatir a los asaltantes, aunque caían enseguida al paso de aquellos guerreros mucho más experimentados en esas lides y reforzados por la sorpresa.

—¡No hagáis prisioneros! Tan solo respetad la vida si veis a alguna bella alba a la que llevar a grupas. Con este frío y tan poca comida es mejor que no aumente nuestro grupo, y ya sabéis que no hay que dejar a nadie a las espaldas —gritaba un imponente caballero, montado sobre un corcel negro, que parecía el jefe de aquella partida, sin dejar de descargar mandobles con su espada sobre los aldeanos.

Pero no tardó en oírse otra voz, de muy distinto tono, detrás de él:

—¡No queméis las cabañas mejor construidas! —chillaba un jinete de aspecto inquietante—. Son las que suelen tener más riquezas.

—Krusol, tú siempre pensando en atesorar cosas —le increpó el que parecía el adalid del grupo, acabando de rematar con un tajo de su temible filo a un claro—. Eres incapaz de sentir el furor de la lucha.

—Es mi función en todo esto —contestó el otro alejándose de la zona de la refriega—. Pelear es para ti, Selmarik. Por algo eres el jefe, y disfrutas con ello.

—¡Nos asaetean! ¡Nos tiran flechas desde ese tejado! —Se oyó gritar entre los forajidos que se habían confiado de su fácil triunfo.

Subido a un tejado, agazapado tras las piedras de una chimenea, un joven albo, casi un niño, disparaba con rapidez y gran puntería sobre los guerreros oscuros. Unos cuantos ya habían caído malheridos sobre el lecho nevado y ensangrentado.

—¡Acabad con él! —grito Selmarik—. ¡Aunque es casi un chiquillo y vale mucho más que vosotros!

Pronto las gentes oscuras se esmeraron en responder a su orgullo herido. El muchacho cayó atravesado por varias flechas y, dejando tras de sí una estela de sangre en el blanco tejado, quedó tendido sobre el suelo nevado como un muñeco, última muestra de orgullo y resistencia de aquel poblado que ahora empezaba a arder por los cuatro costados.

Aun así, Krusol pudo husmear en alguna vivienda antes de ser entregada a las llamas. Se cogieron animales, así como comida y riquezas, que se montaron sobre la carreta ahora amarrada a los corceles que habían perdido a su jinete en la batalla. Tan solo dos guapas campesinas se habían salvado de la masacre.

Toda la partida de bandidos se alejó de aquella hoguera en medio de la nieve, alimentada con sangre, destrucción y muerte. Era un crudo invierno y podrían volver a su refugio en la montaña saciados, como negros lobos, de su cacería depredadora. Mientras, la aldea quedó envuelta en un silencio mortal donde tan solo se oía el crepitar del fuego. Poco quedaba del recuerdo de quienes la habitaron, salvo algunos cadáveres.

Tiempo después de los sucesos que llevaron al villorrio claro por la senda del olvido, un viento helado azotaba aquel risco nevado que se alzaba protegiendo un pequeño abrigo a su resguardo. En la hondonada, cubierta por la nívea blancura, se extendían empalizadas y barracas hechas alternativamente de madera y piedra. Abundaban las hogueras encendidas en aquel oscuro atardecer. En una pared de roca se abría una amplia cueva. Iluminada la cavidad por antorchas y una gran hoguera, en su centro se alzaba una especie de trono cubierto de pieles de lobos y osos, y sentado en él estaba Selmarik con su imponente y gallardo aspecto, señor de aquel enclave fortificado. El guerrero comía un trozo de venado mientras a su lado, Krusol, con su aire inquietante, hurgaba en un gran cofre lleno de objetos brillantes de oro, plata, delicadas telas y otras riquezas, producto de sus asaltos en poblaciones claras.

—Se te está poniendo cara de comadreja de tanto husmear entre ese montón de fruslerías —dijo desde su sitial el señor de aquella atalaya rocosa y de las gentes que la habitaban.

—Metal por metal —contestó su lugarteniente, y, tras coger un hermoso collar entre sus manos, dirigió su huidiza mirada hacia su jefe—. El oro da poder, su brillo tiene poder y el oro lo conseguimos con el poder del acero de nuestras espadas.

—¿Tú crees que valen tanto esas piezas?

—El que queramos darle —continuó el mordaz consejero—. ¿No lo tiene, aunque sea simbólico, entre los claros? Pues amontonar estas cosas nos permitirá el dominio y dará sentido a nuestra lucha.

Selmarik, desde el trono, hizo un gesto indiferente, y después respondió desdeñosamente:

—A mí me basta con el combate. La guerra, el olor a sangre y a victoria. Lo demás viene ya dado, pero no guarda especial interés para mí. —Calló un instante, arrojó despectivo el hueso y se levantó, finalizando—: Ese tesoro al que tanta importancia das, todo lo que guarda ese cofre, para mí es anecdótico.

—Hasta que sientas que puedes perderlo, Selmarik —respondió esquivo el inquietante asesor—. Hasta que creas que...

No acabó la frase, pues se oyó un griterío en el exterior. De pronto apareció un guerrero a caballo, que entrando sin descabalgar en la cueva arrojó al suelo lo que llevaba como un paquete, resultando ser una vieja de patético y terrible aspecto, con larga y revuelta cabellera cenicienta. Iba vestida con unos harapos hechos de telas y pieles, de aspecto sucio, descolorido y decrépito.

—Mira, Selmarik, lo que he encontrado merodeando por los bosques de abajo.

—Extraño animal has cazado, Tartún —rio el jefe—. ¡Oh! ¡Vaya, resulta ser una alba anciana!

—¿Qué esperabas, guerrero? ¿Una nueva piel de alimaña para poderte sentar más cómodo en tu honorable trono? —dijo la recién llegada, marcando su desagradable voz con sarcasmo.

—¡Vaya, abuela! —continuó el señor de aquel baluarte, ofendido—. En poco aprecias tu vida. No tienes miedo a lo que te pueda hacer. Me da igual que seas clara u oscura; nadie me habla así sin sentirlo.

—¡No soy tu abuela! Y ¿crees que he nacido para ser clara u oscura? —volvió a responder la vieja desdeñosa—. Si quieres acabar con mi existencia, hazlo. Hay tantas cosas que ignoras..., pues te ciegan los músculos y la soberbia.

—Detén la lengua, anciana —intervino Krusol sarcástico—. ¿Estás por encima de los claros y los oscuros? Tu aspecto, en cierto modo, lo denota. ¿A dónde has llegado entonces?

La cautiva miró al consiliario con mirada sagaz y terrible. Mientras, Selmarik hizo un gesto al jinete para que esperara fuera.

—¿Y tú qué quieres encontrar, husmeando como una comadreja? —respondió desafiante la anciana.

—Qué casualidad, Krusol, esta vieja coincide conmigo —rio el jefe, mientras su asesor callaba airado.

—Claros y oscuros —siguió la extraña abriendo su monólogo—. A los oscuros los entiendo, aunque su vida esté siempre al borde del abismo. Los claros, ingenuos, creen que hubo una época feliz, un tiempo dorado en el que todos convivían en paz. Aunque si llegaran a la certeza de que ese momento nunca existió, se quebrarían para siempre. Pero este mundo es caos, supervivencia, y nunca parece saciado de su demanda de sangre y muerte; eso he descubierto y pienso que siempre fue así y lo seguirá siendo.

Calló mientras los dos albos oscuros parecían enormemente interesados en sus palabras. La cueva, con las antorchas y la gran hoguera, cuyos fuegos habían perdido intensidad, había aumentado en su aspecto de tenebrosa penumbra. La prisionera continuó:

—Mas hay energías ocultas, misterios, que se encuentran en la naturaleza. Fuerzas desconocidas que emergen de la tierra, de los árboles, los animales. Una sabiduría que sacia más que vuestro poder de aceros mellados.

—¿Qué sabes entonces, vieja? —la increpó el caudillo inquieto.

—¿Te pongo nervioso, jefe? —rio la anciana—. Ni siquiera sabes mi nombre y parezco tener ascendencia sobre ti.

—Tonterías, Selmarik —dijo Krusol—. Bueno, ya que lo has mencionado, ¿cuál es tu nombre?

—Digamos que Zarda, pero eso realmente no dice nada —añadió la extraña sonriendo con su desdentada boca—. Ver donde uno no está, conocer los ingredientes de mejunjes que puedan vencer a la enfermedad y al tiempo; dominar los corazones, comprender el canto de la lechuza, entender lo que dice el viento, asomarse a lo que el destino pueda depararte...; hay un poder más profundo que el de vuestras sanguinarias espadas.

—¿Puedes ver el futuro? —dijo con escepticismo el sagaz consejero.

—Bueno, he dicho muchas cosas.

—Anciana, asómate a mi destino —intervino apremiante Selmarik—. Te dejaré marchar libremente si me resultas convincente.

—Vaya seguridad me das, jefe. Y... ¿eres siempre tan apresurado? Pero sea así. —Luego, extendiendo sus esqueléticos y arrugados dedos, le dijo—: Dame tus manos y mírame a los ojos.

—¿Vas a dejarte llevar por esas insensateces, Selmarik?

Pero su líder había vencido a la repugnancia de estrechar aquellas manos viejas y sarmentosas, mirando los ojos descoloridos de la cautiva con los suyos, verdes y arrogantes.

Hubo un gran silencio, escuchándose tan solo los ruidos del exterior y el crepitar de las llamas.

El vetusto personaje cerró los ojos y luego pareció gemir. Después, dijo adquiriendo su voz un tono de desgana:

—Todavía te esperan más victorias, jefe. Tus músculos y tu soberbia te conducirán por éxitos, pero también te pueden perder. —Aquello hizo sentir un cierto escalofrío al belicoso albo—. Nadie tiene asegurada la inmortalidad, Selmarik —continuó la anciana—. Mas vigila a cuantos te rodean.

—¿Vas a dar crédito a todas estas tonterías? —dijo Krusol.

—Y, sobre todo, guárdate de los guerreros colorados. Si aparece algún jinete encarnado, ten cuidado: ellos han nacido para combatir, son engendros creados para la batalla. —Luego, tras un silencio, acabó—: Haz conmigo lo que quieras, pero no voy a decirte nada más, estoy cansada y no puedo ver más.

—Pero bueno, Selmarik, ¿te vas a creer semejante patraña? —gritó el que trataba de ejercer como mentor, poniéndose de pie.

El jefe parecía consternado y guardaba silencio. Luego, dirigiéndose a la cautiva, le dijo con voz firme:

—Cumplo mi palabra, vieja. Puedes irte. Y tú, Krusol, asegúrate de que nadie la toca mientras cruce el campamento. Es más, di a los nuestros que si alguno se la encuentra en alguna ocasión, no la molesten.

La anciana abandonaba la cueva, ahora casi envuelta por las sombras, con paso renqueante, cuando se dio la vuelta.

—Esta noche será fría, caerá la última nevada hasta el próximo invierno. Tu guerrero me quitó la piel que me protegía. Me gustaría que me la devolviera.

—Krusol, acompaña a la vieja y que le den su piel. —Luego, mirando hacia atrás, cogió una de su trono y se la dio—. Toma está otra además.

—Gracias. Eres generoso, aun en tu soberbia, Selmarik. —Y la anciana marchó acompañada por el consejero.

Cuando este volvió a la cueva, donde, iluminado aún por unos rescoldos su líder callaba sentado en su sitial, le preguntó:

—¿Qué pasa? ¿Qué te sucede, Selmarik? —le increpó Krusol—. ¿Por qué te has portado así con esa vieja loca?

—Los claros creen en algo, ese pasado añorado —dijo Selmarik reflexionando bajo la luz mortecina de la caverna—, mas nosotros no creemos en nada, tan solo en esta vida de lucha, robo y muerte. Pero hoy, cuando me ha mirado esa anciana, he sentido algo, no me gustaba el qué, pero he creído en algo por encima de mí mismo. Y he sentido... —Calló la palabra "miedo", para luego decir a su subordinado con acento amenazante—: Y no vuelvas a hablarme en ese tono, hay en él excesiva confianza.

El asesor se dirigió algo molesto hacia afuera, y de pronto exclamó:

—¡Vaya, la vieja tenía razón, ha empezado a nevar!

Fueron pasando las estaciones. Los primeros fríos del otoño aún no habían dejado paso a las nevadas que anunciarían el invierno.

Un corcel cabalgaba desbocado en el atardecer, dirigiendo su aloca-
da carrera hacia un crepúsculo de púrpuras.

A lomos de aquel caballo, como una sombra, se veía una figura
atrapada en aquel animal enloquecido. Selmarik, desnudo, con las
manos sujetas a la espalda, y todo su cuerpo atado al que había sido
su fiel corcel, cabalgaba por última vez hacia el ocaso. Sus propias
gentes, ahora bajo otro jefe, le habían colocado así sobre su caballo,
al que luego dieron unas hierbas que, alocándole, le hicieron correr
hasta que tan solo le detuviera la muerte. Y aquella carrera desbo-
cada se dirigía hacia donde caía el sol, una llanura que moría entre
barrancos y cortados de encrespadas rocas, que serían el fin del corcel y su prisionero, bajo una luna llena de sangre.

* * *

Aunque en el mundo muchos lugares parecían haber recuperado
la belleza de otros tiempos, Nakbar había hecho un gran trabajo y
su poder campeaba imbatible sobre la tierra. Porque más sombrío
que un mundo bajo la densa capa de un oscuro mar de nubes es la
existencia con el corazón atenazado por el miedo y la desesperación.

El Señor de las Tinieblas había arrancado del pensamiento y el
alma de muchos albos la idea y el sentimiento de que existieron
unos tiempos felices, una época dorada en que todos vivían en paz.
Y no solo eso, sino también que esta podría volver a ser recuperada.
Aquella certeza, la pérdida de un pasado al que añorar y un futuro
por el que luchar, enturbiaba tanto la realidad que, aun viviendo en
la más hermosa primavera, era difícil rendirse a su plenitud.

Aunque los malos trances y los campos devastados iban también
forjando en ciertos espíritus albos un sentir nuevo, que buscaba
nuevas respuestas y energías con las que afrontar la adversidad.

* * *

Una densa niebla se extendía sobre aquel territorio desolado.
Apenas si se veía el camino que estaba embarrado y desdibujado
por la bruma y las hierbas que lo invadían. Makrín, Frieno y Tindaro
estaban cansados de aquellos páramos, cruzados de vez en cuando
por densos matorrales y pequeños bosques. Los tres jóvenes albos
venían de lejanas tierras, de valles hermosos donde, pese a la os-

curidad de la época que vivían, la naturaleza aún se mostraba esplendorosa. Pero llevaban ya demasiado tiempo marchando hacia occidente para llegar al océano del Poniente: el período necesario para comprender el lugar peligroso y terrible en que se había convertido el mundo.

Habían empezado a andar temprano. La poca luz que había en aquel oscuro amanecer se filtraba entre la bruma creando un ambiente fantasmagórico y opresivo. La hierba mustia y parda a los lados de la ruta ocultaba aquí y allá un cieno oscuro y denso que invitaba a no alejarse demasiado del camino.

—No sé quién puede vivir por aquí —dijo Tindaro, el mayor de los tres—. Nunca imaginé lugares tan inhóspitos. ¡Aunque ya hemos visto tantos sitios terribles desde que dejamos nuestra tierra...!

—El mundo es como es —alegó ahora Makrín, el más joven del trío—. Variado y difícil de comprender, pero eso también la hace hermoso o, al menos, misterioso.

—Y también peligroso —remarcó ahora Frieno—. Por lo menos desde que la maldición que devora sus entrañas acabó con los tiempos dorados de nuestros antepasados.

—A veces dudo de que haya existido aquella época de la que nos hablaban nuestros abuelos, en que todos los albos dominábamos un orbe en paz, como una gran hermandad —habló el más mozo—. Quizás sea un invento para creer en el futuro y no dejarnos llevar por el odio que arrastra a quienes, siendo como nosotros, visten los oscuros ropajes de las tinieblas.

—¡Callad! —exclamó Tindaro en un susurro—. Escucho algo no muy lejos de aquí.

Luego, tumbándose sobre el camino, pegó su oído a un trozo de tierra que no estaba húmedo de barro.

—Sonido de cascos de caballos a galope —continuó, incorporándose—. Son bastantes y están muy cerca.

—Debemos buscar refugio entre algunos matorrales —dijo con nerviosismo el mediano.

—Verán nuestras huellas en el barro —repuso Makrín—. De todos modos, no podemos quedarnos aquí. Escondámonos entre los arbustos.

Dejaron el camino y se ocultaron entre un conjunto de rocas y maleza que les tapaban y permitían a su vez vigilar la senda. Procuraron, además, disimular las pisadas sobre el fango. Llevaban consigo sus arcos y dagas, con los que estaban dispuestos a defender sus vidas si eran atacados.

No pasó mucho tiempo hasta que el sonido de los cascos de numerosos cabalgaduras, corriendo sobre el terreno encenagado, se sintió cercano. Entre los jirones de niebla y bajo una luz que tenía algo de espectral, los jinetes oscuros pasaron ante ellos con sus caballos a todo galope. Un escalofrío corrió por la espalda de los tres muchachos al ver pasar a aquellos forajidos, de rostros feroces y armados hasta los dientes. Algunos de ellos llevaban albas claras que se agitaban en sus brazos, fruto de algunas de sus terribles rapiñas. Pero de entre todos destacaba un caballero solitario, más temible aún que los demás, y que vestía coraza y casco de color escarlata sobre armadura y ropajes del mismo color, y que cabalgaba en un soberbio corcel de pelo rojizo.

—Otra vez uno de esos malditos guerreros encarnados —susurró Tíndaro entre dientes, recordando otros encuentros a lo largo de su extenso viaje—. ¿De dónde habrán salido?

—De algún rincón de las tinieblas... —repuso Makrín— para envenenarnos la sangre.

Al final del numeroso grupo de jinetes, en el que llegaron a contar más de cuarenta, iba una carreta, que, aunque ligeramente más atrás, no quedaba muy a la zaga, pues tiraban de ella seis caballos. Una lona de cuero parduzco cubría un cargamento, sin duda producto del pillaje.

Una vez que los sintieron lejos, los tres jóvenes claros reemprendieron su camino sobre aquella ruta, que ahora les parecía más maligna tras el paso de aquel tropel siniestro.

Aún no había oscurecido del todo cuando vieron un resplandor iluminando por entre los vapores de la neblina. Se acercaron con cuidado, por lo que pudieran encontrarse. Al poco rato vislumbraron las cabañas de madera de una aldea, que se consumían bajo el fuego que alguien había prendido.

—Eso es lo que hicieron los oscuros que vimos hace unas horas —alegó con dramática tristeza el mayor de los tres—. Acerquémonos con cuidado, aunque no creo que encontremos más que cadáveres.

Así lo hicieron. Y, como había dicho Tindaro, solo encontraron muertos a su paso. Casi todos eran claros, aunque algún oscuro había caído, pues los del poblado habían tratado de defenderse.

Apenas se veían cadáveres de féminas jóvenes, pues sin duda las habían secuestrado. En cambio sí vieron todavía viva a una anciana apoyada sobre la pared de una barraca que no había llegado a arder, y tenía los ojos clavados con mirada ausente en una pareja de pequeños albos muertos.

Los tres caminantes se acercaron y le hablaron, pero la vieja no escuchaba nada y tan solo repetía sin cesar unas palabras, mientras movía el cuerpo mecánicamente, siempre igual.

—Ha enloquecido —dijo Frieno—. Dice algo así como: "Sibar, Rolo, despertad. Sibar, Rolo, despertad".

—Por lo que sea, se ha salvado de la espada oscura —argumentó Tindaro—. Pero han acabado con ella de otra manera. Probablemente no la vieron o estaba fuera recolectando hierbajos cuando atacaron, pues todavía tiene un puñado de ellos en la mano. Debían de ser sus nietos.

—Miremos a ver si hay algún herido —dijo Makrín—. Poco podemos hacer por ella ya.

Tan solo encontraron agonizante a un albo claro, ya maduro, pero que, tras apenas decir unos murmullos ininteligibles, murió en los brazos del viajero de edad intermedia.

—Debemos quemar los cadáveres —dijo de pronto el menor de ellos—. El océano no se va a alejar y los albos siempre hemos honrado a nuestros muertos, aunque no los conociéramos.

—Pero son demasiados —alegó Frieno—. Además, corremos peligro. Podrían volver los oscuros.

—Ye estarán lejos, y estoy cansado de vivir con miedo —habló ahora el mayor de los tres—. Makrín tiene razón. Somos albos y debemos comportarnos como tales.

Había un gran habitáculo que ardía con abundante llama. Allí fueron acercando cada uno de los caídos, a los que, tras comprobar que no les quedaba un atisbo de vida, arrojaban al fuego.

Mientras tanto, la anciana seguía delante de los dos pequeños sin moverse.

Iba Makrín a recoger el cadáver de un oscuro cuando Tindaro, viéndole, le increpó diciéndole:

—¿Qué haces? Vas a quemar a uno de esos bandidos con nuestros hermanos claros. Ellos hicieron esto; que sean los suyos quienes les entierren o sirvan de carroña a las alimañas.

—¿Y entonces qué nos diferenciará de ellos? —preguntó el más joven—. Nosotros quemamos a nuestros muertos y ellos a veces lo hacen con los suyos. Seremos igual que ellos, con distinto color de ropas.

—Nosotros no robamos, ni matamos más que en defensa propia —alegó el más adulto—. Hay un abismo entre lo uno y lo otro, y nosotros no lo abrimos.

—Eso es lo que quieren —volvió a defenderse Makrín—. Que seamos como ellos, poseídos de ese odio que les quema por dentro. Tienes razón, Tindaro, pero tu razón enturbia el futuro y nos aleja de nuestros antepasados. Por eso, aunque solo sea esta vez, también arrojaré a los oscuros a las llamas.

—Hazlo si quieres —repuso el compañero—. Pero no cuentes conmigo.

—¡Eh amigos! —llamó Frieno—. ¿Qué hago con los pequeños?

Estaba junto a la anciana, pero esta seguía tan ausente como antes.

—Échalos al fuego —repuso el más maduro de los tres—. Cuanto antes sus cuerpos sean cenizas, antes alcanzarán la eternidad.

Así obró el joven albo, pero la anciana se arrojó sobre los cadáveres, repitiendo que estaban dormidos.

—¿Se los dejamos? —dijo el verse interrumpido.

—Siempre hemos quemado a los muertos —repuso Tindaro.

—Quizás por una vez debamos no hacerlo —comentó el menor—. Hay muchos albos claros que no llegan a ser incinerados, y no creo que eso les prive de volver a encontrase en las estrellas.

—No te entiendo, Makrín —alegó ahora el mayor—. Deseas quemar a quien no debiéramos y, en cambio, quieres privar de ello a estos dos infantes.

—Matarás a la vieja si lo haces. Se arrojará al fuego —respondió el compañero.

—La vigilaré toda la noche hasta que las llamas se consuman, pero no dejaré aquí a estas criaturas para sustento de buitres y alimañas —acabó diciendo Tindaro.

Así lo hizo, aunque tuvo que recurrir a sus dos amigos para impedir que la anciana se lanzase a la gran hoguera. Decidieron atarla hasta que se consumiese el fuego, y se turnaron durante toda la noche para vigilar a la pobre loca, cuyos gritos no cesaron, ni cuando oraron a los muertos, acompañándoles durante los sueños.

Al amanecer aún quedaban brasas y tuvieron que permanecer unas cuantas horas más en la compañía de la anciana. Finalmente, la gran hoguera, reducida a un montón de cenizas y algunos restos carbonizados, se había apagado definitivamente. En cuanto al resto del poblado, hacía tiempo que había dejado de arder.

La vieja seguía ausente. Apenas había dormido y seguía repitiendo la misma frase una y otra vez.

—¿Qué hacemos con ella? —preguntó Frieno.

—Hagamos lo que hagamos, no tiene solución, a no ser que nos quedáramos aquí a cuidar de ella. Y nosotros debemos seguir el camino —dijo Tindaro—. Le preguntaremos que si quiere venir con nosotros, aunque sobra decir que es una pregunta al viento. Si sigue ausente, le dejaremos algo de nuestra comida. Es cuanto podemos hacer.

Los otros dos compañeros de viaje callaron. La anciana permaneció insensible a las demandas. Makrín intentó levantarla, empujándola casi, pero la alba de extraviada mente se agarraba al suelo con manos de acero. Parecía imposible que alguien con su edad pudiese tener tanta energía, pero era la fuerza de la desesperación.

—Debemos seguir nuestro camino —repuso el mayor de ellos con decisión—. Makrín, es duro decirlo, pero tienes demasiado corazón para estos tiempos terribles.

—Los tiempos son, pero también se hacen —dijo su compañero—. Pero tienes razón: esta alba, viva o muerta, no quiere dejar esta tierra que la vio nacer. Partamos hacia el océano de Occidente. Al menos allí, si no encontramos una respuesta, hallaremos algo de la plenitud que en todo momento tratan de arrebatarnos estos lugares tan huraños y terribles.

Así, bajo la bruma, partieron los tres amigos hacia su ruta del poniente. Pocos días después, siempre siguiendo las puestas de aquel sol que cada vez parecía más lejano, empezaron a cruzar por un territorio estepario. Batido por el viento y un cielo plomizo, era difícil encontrar agua y comida por aquellos páramos desolados.

Una mañana, a lo lejos, vieron un grupo de gentes que parecían albos claros. Según se iban perfilando en el horizonte comprobaron que así era. Formaban un conjunto numeroso y variopinto al que acompañaban carretas y cabalgaduras para llevar sus provisiones y también algo de ganado. No les quedó mucho tiempo a los tres caminantes para saber qué hacer, porque dos jinetes se apartaron de aquella multitud y se les acercaron al galope. Iban armados y pertrechados para el combate. Una vez cerca, les preguntaron:

—Buen día os deseamos, ya que parece que sois albos claros.

—Así es. Y buen día también a vosotros —respondieron los tres jóvenes, apostillando a continuación Makrín—: Si es que puede haber un buen día en un lugar como este.

Rieron todos con cierta tristeza.

—¿Dónde vais por estas tierras tan desapacibles? En dirección opuesta a la nuestra, por lo que veo —continuó uno de los caballeros armados—. Mi nombre es Klinder, y Sontag, el de mi compañero. Vamos con nuestro pueblo y algunos más hacia el oriente buscando lugares más seguros de los oscuros, si es que hay alguno. Pero hemos sabido que ciertos claros se unen formando poblaciones numerosas, de manera que son más fuertes para defenderse y no sufrir ataques de los forajidos.

—Yo soy Tindaro y estos, mis compañeros Frieno y Makrín. ¿Quién os ha hablado de esos grandes poblados? Nosotros venimos de levante y no hemos visto ninguno.

—El mundo es grande. Supongo que es cuestión de suerte —contestó Sontag—. Si queréis, venid con nosotros a comprobarlo, aunque parecéis muy seguro de hacia dónde os dirigís.

—Gracias por vuestra generosa invitación —dijo el más joven de los tres amigos—. Pero como dices, caminamos hacia un destino. Queremos llegar hasta el océano del Poniente.

—El gran horizonte. Nunca pensé en ir allí, aunque a veces dudo de que sea real —respondió Klinder—. ¡Quiera Margald que lo alcancéis, si es que existe! Pero venid ahora. Compartid unos momentos con nosotros. Hablaremos y tomaréis algo para saciaros, aunque, como vosotros, supongo, andamos escasos de todo. Y más en estas tierras áridas y desventuradas.

Mientras así hablaban, el grupo se había ido poco a poco aproximando a ellos. Había en aquella multitud errante albos de todas las edades: infantes, jóvenes, maduros y ancianos; no faltaban hermosas albas a los que los tres muchachos miraban embelesados.

Un torrente de preguntas cayó sobre ellos y respondieron como pudieron.

—¿Queréis llegar al océano del Poniente? —interrogó una belleza álbica, mientras sostenía a su bebé en un brazo y daba la otra mano a una pequeña—. Ese es un camino incierto. Uníos a nosotros. Nos harán falta brazos fuertes como los vuestros para levantar una nueva aldea y defendernos de los oscuros.

—Todo es incierto en estos días, buena alba —respondió Frieno—. ¿O quizás siempre lo fue?, porque no he conocido más que lo que ahora hay. Pero por lo que decís, vais a la búsqueda de otros claros. No escasearán brazos entonces.

—Habréis visto mucho, ¿verdad, hijos? —habló un anciano de aspecto cansado–. Lugares, gentes albas de una u otra condición.

—No tanto como tú, abuelo —respondió Makrín—. Tus ojos deben de haber contemplado pasar tantas cosas a lo largo de los años.

—Sí, pero viajé poco —siguió el viejo—. Las obligaciones, el miedo a alejarme de mis tierras... Hacéis bien. Los claros debemos seguir luchando por nuestro mundo, y recorrerlo es una forma de hacerlo.

—Tú también lo estás recorriendo ahora, abuelo —dijo Tindaro.

Pero eran los pequeños los que más les asaltaban con ingenuos interrogantes, a veces extraños y llenos de fantasía sobre seres y lugares fabulosos.

—Dejadles respirar y no les agobiéis con más preguntas —les increpó Klinder acercándose. Luego, dirigiéndose a los forasteros—: Venid y tomad algo de comer y beber. Aunque es poco lo que tenemos, no vamos a dejaros sin ofrecer nada.

Se había detenido toda la caravana, tanto las gentes como los animales que pastaban por los ralos praderíos y las carretas, que se habían dispuesto formando una especie de zigzag en línea para protegerse del constante viento que seguía soplando bajo una bóveda de cielo cubierta de plomizo gris.

Mientras almorzaban con un ligero refrigerio, pues poco había de alimento por aquellos lares, continuaron las preguntas y con-

versaciones amigables. Se habían unido albos de dos aldeas que
estaban vecinas y, como contó Lendel, el jefe de una de ellas, los
constantes ataques oscuros y aquellas novedades que habían escu-
chado les animaron a escoger aquel destino. Además, algunos albos solitarios, como ellos, se les habían unido en aquel deambular,
como dejó bien claro uno que estaba por allí. Mas nada cambió la
decisión de los tres caminantes, ni siquiera la hermosa mirada de
alguna joven alba.

Todavía quedaba bastante luz del día cuando, despidiéndose,
unos y otros decidieron seguir sus diferentes destinos.

Los tres amigos continuaron su marcha por los páramos y según
transcurría la tarde se fue clareando el cielo, y cuando llegó la hora
del crepúsculo, el sol, pese a su tibieza en aquellos días, cayó con
un bello ocaso que iluminó aquel monótono horizonte de hermosos
tonos dorados, rojizos y violetas.

Los jóvenes, cansados de su andadura y las emociones de aquella jornada, se refugiaron al amparo de unas rocas y matorrales, y
tras tomar algún alimento se dejaron caer rendidos por el sueño.

Dormían a pierna suelta cuando un siniestro aullido se oyó en la
noche despertando a Frieno. Se incorporó mirando de dónde venía
aquella especie de lamento animal. Hacía una noche hermosa, con
una luna llena que iluminaba todo con esa luz que, sin dejar interpretar los colores, tiñe todo de grises y platas dibujando relieves y
figuras. Bajo el astro, sobre una pequeña colina, se alzaba quieta la
silueta de un árbol solitario, mientras a su izquierda se deslizaban
recortándose sobre la línea cenicienta del horizonte unas inquietantes figuras. La primera tenía el aspecto de un perro de porte tan
flaco y enfermizo que, pese a las sombras nocturnas y la lejanía,
resultaba desapacible contemplarlo. Detrás le seguía un jinete tan
imponente como inquietante y temible. Tan solo una gran capa y
una cabeza encapuchada permitían reconocer su perfil sobre su cabalgadura. El filo de una gran espada colgada de su silla se recortaba
sobre el grisáceo cielo del plenilunio. Si se hubiesen podido distinguir los colores, negros hubieran seguido siendo caballero y corcel.
Tan solo los ojos ocultos bajo la capucha tendrían algo de luz, como
unas terribles ascuas de color indefinido. Detrás venía otro lamen-
table cánido de similar catadura al compañero que les precedía.

Sobresaltado, Frieno despertó a sus compañeros y les mostró
aquella sombría aparición. Mientras los contemplaban medio dormidos, el perro del final se adelantó alcanzando a su montado compañero, de manera que casi ambas siluetas se confundían. El animal

que encabezaba la lúgubre comitiva olisqueaba el suelo y oteaba el horizonte como si persiguiera una huella.

—Extraño trío —dijo Makrín.

—No es un trío, el caballo también cuenta —contesto el que les había despertado—. Trío somos nosotros,

Los amigos rieron en silencio la observación.

—Parece que siguieran un rastro —apostilló el mayor de los tres—. Se diría que van detrás de algo. Es raro que no nos huelan.

—Deben perseguir al grupo que hemos encontrado esta mañana —observó Frieno—. Les siguen en la noche, porque las sombras son su momento, para dejar caer sobre ellos su terror y este horrible hedor.

Y se tapó la nariz mientras hablaba, pues el viento traía un olor nauseabundo, como de una multitud de alimañas muertas.

—¡Por Margald, vaya pestilencia! ¡Malditos monstruos! ¿Por qué no terminamos con ellos antes de que acaben con esas gentes? —exclamó Makrín sin levantar mucho la voz.

—Olvídalo. Nada podemos contra esos seres malignos —le contestó su compañero mediano—. Y menos mal que no nos han sentido.

—¡A mí también me pesa no hacer nada! —Y según hablaba Tindaro fue a agarrar su arco.

Frieno le iba a detener, pero su compañero ya tensaba la cuerda con la flecha cuando de pronto, como si se hubiese echado una negra mancha sobre aquel horizonte de platinos y grises, el grupo desapareció en aquel agujero de sombra. Los jóvenes quedaron consternados y la saeta se fugó sin fuerza para caer no muy lejos.

Hubo un largo silencio y la mácula de oscuridad se disolvió tal como había llegado, permitiendo de nuevo ver a las lúgubres figuras errantes.

—Dejadles marchar. Nos han tenido que percibir y sin embargo nos ignoran. Quizás a lo mejor tampoco les hacen nada a nuestros amigos de hoy —susurró Frieno—. O a lo mejor a nosotros también nos habrán dañado de algún modo. ¡Por Frassar, qué peste han dejado!

—¡Que Layda acompañe a los albos que nos acogieron esta mañana, ya que nosotros no hemos podido hacer nada por ellos! —increpó el más joven del trío, dolido.

—No te tortures. Poco conseguiríamos —trató de calmarle su compañero—. Tú lo has visto como yo. Más vale que se vayan y no tentar a la suerte.

Hubo un breve silencio para la reflexión.

—Es la primera vez que vemos a uno de estos jinetes tan solitario y con tan extraña compañía —apostilló ahora Tindaro—. ¿Recordáis cuando oímos sus sinestros aullidos y lamentos en la noche y después vimos las descarnadas huellas de sus corceles sobre la nieve en aquella aldea abandonada de los montes Atávicos? ¿O cuando les sentimos deslizarse como sombras para luego contemplar las pisadas de sus cabalgaduras marcadas en el barro por el bosque de Trucultán?

—Sí, pero nunca los he visto tan próximos como ahora —contestó Frieno; y mientras lo decía, miraba cómo el grupo se iba perdiendo en la lejanía y la noche—. Los percibimos, más que verlos claramente, y luego encontramos sus rastros. Pero ahora..., tampoco había esta fetidez. Menos mal que ya se va yendo.

La noche fue recuperando toda su enigmática belleza bajo la argentada luz lunar. Los tres albos intentaron conciliar sus sueños y congraciarse con su destino.

A la mañana siguiente buscaron la flecha perdida. Se la encontraron clavada en el suelo a medio camino del que debiera haber sido su objetivo. No solo estaba rota, sino que parecía medio quemada y extrañamente carcomida.

Pasaron los días y con el tiempo también cambió el paisaje. Los páramos fueron poco a poco estando salpicados por sotos que finalmente acabaron convirtiéndose en un espeso bosque. Siempre con la vista puesta en el poniente, los árboles iban cubriendo el horizonte con una densa selva. Esta pronto apareció cruzada por un gran río, de profundas y caudalosas aguas.

Buscaron como vadearlo, pero eso parecía imposible. No era la primera vez que tenían que cruzar un curso fluvial, pero nunca uno tan ancho y con tanta corriente. Con sus escasas herramientas cortaron cuatro pequeños troncos y los unieron con cuerdas que llevaban y otras ligaduras que consiguieron hacerse con ramajes. Depositaron sus morrales e impedimentas sobre la estrecha balsa y luego, agarrándose a ella y sumergidos en las aguas, la empujaban con los brazos y las piernas. .

Pero el río venía con fuerza, y cuando se encontraban como a la mitad de su ancho fluir, un golpe de agua hizo soltarse a Makrín, que iba agarrado al final de los troncos. Arrastrado por la corriente, se alejaba malamente curso abajo. Frieno, que era buen nadador, iba a lanzarse a ayudarle, pero de pronto vio que su amigo se alzaba sobre la espuma y remontaba, de manera sorprendente, hacía la orilla opuesta.

Algo le sujetaba y le ayudaba a luchar contra las aguas. Ese algo era una hermosa fémina de rojiza cabellera y torso desnudo. Admirados, los dos compañeros contemplaban cómo el albo naufragado era conducido por su bella salvadora hasta un remanso de la ribera, donde lo depositó con delicadeza.

Makrín contempló con embeleso a quién le había rescatado sin terminar de comprender lo que le había sucedido. Ella estaba ante él con todo su acuático esplendor y parecía querer decirle algo, pero el albo no llegaba a comprenderla. Su voz sonaba extraña, como si le hablase debajo del agua, lo cual la hacía incomprensible. Mas la veía tan hermosa y enigmática a la vez que resultaba especialmente seductora. Había una ligera entonación azul verdosa en su piel que contrastaba con su arrebolada melena. El color de sus ojos también parecía reflejar, aunque lleno de brillos, lo más profundo del mundo acuático. Pero lo que más le sorprendió era el movimiento de sus piernas, que más bien parecía una escamosa cola de pez, aunque era casi imperceptible bajo las oscuras aguas.

—¡Gracias! ¡Gracias, hermosa salvadora! —repetía el joven albo—. ¡Qué bella eres! ¿Cómo te llamas?

Pero no conseguían entenderse el uno al otro con las palabras, aunque se lo decían todo con los gestos y la mirada.

Al poco llegaron sus compañeros, y con sus voces la preciosa nadadora se sobresaltó metiéndose en el agua para desaparecer. El mozo quedó desolado, pero luego, por un instante, volvió a aparecer su salvadora sobre la superficie lanzándole una última mirada de despedida.

—¿Habéis visto lo mismo que yo? —dijo el albo rescatado—. ¡Nunca vi un ser tan hermoso!

—¡Eres afortunado, Makrín! —le contestó Tindaro—. Te ha salvado una ondina.

—¡Era tan bella…! Creo que jamás podré olvidarla —repitió el más joven de los tres.

—Pensaba que no existían —comentó Frieno— los albos que escogieron vivir entre las aguas.

—En realidad, no fueron albos. Eran de las estrellas, pero los albos escogimos la tierra —apostilló el mayor de ellos—. Si estos seres magníficos existen, y los tres lo hemos visto, todo en lo que creemos es cierto. Así pues, continuemos con certeza el camino del poniente. Aunque esté atardeciendo, sigamos la marcha.

—¿Por qué no nos quedarnos aquí esta noche? —insistió Makrín.

—Hay que continuar —respondió tajante Tindaro—. Aún hay luz, y todos los días caminamos hasta caer el sol.

Tenían miedo de que el menor de los tres quedase hechizado por aquel lugar, ya que veían un poso extraño en su mirada.

Atardecía. Las aguas del río bajaban raudas a sus espaldas tiñéndose de dorados sobre la oscuridad y la espuma.

El joven albo volvió la vista por última vez, buscando algún posible rastro de la ondina. Creyó ver algo, pero fue tan solo un confuso reflejo. Su corazón parecía haber quedado prendado de aquel rincón del mundo esperando que volviera aquel bello ser para compartir con él una existencia anfibia.

Pero los pasos de los tres muchachos se fueron internando en el bosque, para pasar la noche entre la arboleda, buscando un claro donde pernoctar más seguros. Los tres silenciosos, y Makrín con el corazón herido por un amor fugaz, que le parecía ser eterno. Lejos les esperaba el océano, la gran respuesta a un mundo hosco y temible que estaba bajo el peso de las sombras. Difícil resultaba para los claros encontrar fuerzas y motivos para no desalentarse en mantener sus antiguos principios existenciales, dejándose llevar hacia las tentaciones del lado terrible y oscuro. Pero entre tanta temible incertidumbre florecía también una tierra hermosa y misteriosa que poseía una extraña fuerza capaz de dar vida donde nada parecía haber.

CAPÍTULO VII

EN LA CAVERNA

—Me gustaría poder vivir al aire libre, sin tener que volver siempre a nuestro poblado subterráneo —dijo el joven albo, quitándose la capucha de su capa carmesí.

—Entonces estaríamos mucho más expuestos a los ataques de los oscuros —le respondió su compañero.

—También nos pueden atacar ahora. Y siempre podríamos luchar.

—Como nuestros abuelos, que, cansados de ser constantemente víctimas de los asaltos de los forajidos y contemplar sus viviendas destruidas, decidieron construir su último pueblo en las profundidades de la tierra, donde podían ocultarse.

Llovía. Desde aquel saliente rocoso los dos albos contemplaban la caída de la lluvia. El de la capa roja se llamaba Guilmer y su compañero, que la llevaba de color verde oscuro, Souarce.

Habían estado pescando en el río, pero luego, tras empezar a lloviznar, se habían retirado a aquel abrigo rocoso de fácil acceso, desde el que se contemplaba un amplio panorama bajo un cielo triste y plomizo de un día pluvioso. El bosque se extendía a sus pies, denso y hermoso, con los primeros colores del otoño asomando ya en algunos árboles. Un río, ancho y grisáceo, discurría recto para hacer enseguida una gran curva en torno a una zona rocosa donde transcurría bajo un frondoso cañón.

—Hagamos aquí una pequeña hoguera y comamos uno de nuestros peces con un poco de gortak que tengo aquí; y luego volvamos al poblado —dijo Souarce.

Así procedieron, mientras descansaban al resguardo de una lluvia cada vez más intensa.

—¿Tú has visto alguna vez las ruinas del pueblo de nuestros antepasados? —preguntó de nuevo el que había hablado.

—No. Mi padre me dijo una vez dónde se encontraban —comenzó a relatar su compañero—. Siguiendo donde acaban las selvas pardas y metiéndose por el valle de Excuris, pero nunca me he adentrado por allí

—Me gustaría un día visitarlo. ¿Te vendrías conmigo?

—A veces pienso que eso es una invención y que siempre vivimos en estas cuevas. Además, no creo que quede nada. Era un poblado de cabañas de madera que ardieron como teas. El poblado anterior era de piedra, según dicen, aunque ese ya nadie lo conoció y estaba aún muchos más lejos. Sobre esas ruinas, si todavía existen, ya habrá crecido un bosque. Pero te digo que ese rincón del mundo de donde venimos ya nadie lo conoce —respondió Guilmer con sorna.

Los dos se quedaron pensando sobre aquellas últimas palabras que habían quedado en el aire como zanjando toda expectativa. Luego, el de la capa encarnada volvió a romper el silencio.

—Piensa en el camino, Souarce. Ni siquiera lo conocemos con precisión. ¡Y hay tantos peligros...! No solo los oscuros, sino bestias y alimañas que quizás desconozcamos. —Guilmer tomó aire—. Es una ruta tan temible como incierta.

—Cierto —respondió su amigo—, pero es una ruta. ¿Y aquí qué hay sino lo de siempre? Agazapados como conejos y no exentos de peligros. Un ataque oscuro, una fiera en la espesura... ¿Acaso no les podamos batir con nuestras flechas albas? —respiró profundamente—. Yo no puedo dejar de mirar al cielo cuando salgo de nuestra caverna. De respirar el aire fresco de la mañana o la noche bajo el firmamento estrellado. No sé..., a veces creo que hay algo que ignoramos..., y no tiene por qué ser malo.

Dos generaciones habían crecido a la sombra de aquella población excavada en galerías que habían creado sus abuelos. Dentro de ellas hacían su vida, tenían sus animales, tejían sus ropas, cocinaban, comían y dormían. Y se habían ido adaptando a aquello de manera que hasta su aspecto físico parecía haber cambiado, menguando ligeramente su envergadura.

Era una vida triste y dura, a la que les había llevado el constante miedo a un enemigo impredecible e implacable. Por eso disfrutaban de los pequeños placeres, como la buena comida, la mejor bebida y el colorido en sus ropas. Primero cubrieron sus telas claras con capas verdes y pardas, para ocultarse mejor entre la hierba y la tierra; pero luego los tonos se tornaron más vivos y alegres, de manera que, aunque más visibles, resultaban una pequeña alegría a la luz de las antorchas y las velas que iluminaban sus habitáculos.

Trataban de hacer sus viviendas confortables dentro de sus limitaciones, y a veces lo conseguían. Aunque lo principal era siempre la seguridad, como las múltiples salidas y entradas bien ocultas, así como huecos de ventilación y chimeneas que solo se utilizaban en la noche, para no ser localizados por el humo.

Vacas, corderos, cerdos, gallinas... convivían en aquel mundo subterráneo con los albos de las cuevas. Pero los jóvenes gustaban de salir fuera a cazar, pescar o pasear. Respirar un poco de aquel mundo al que sus mayores parecían haberse resignado a olvidar.

—Mira, allí está Solona con su madre —dijo Guilmer a su compañero.

Dos figuras femeninas cubiertas, con una capa de un intenso azul celeste la más joven y una parda la mayor, avanzaban serenamente por el bosque.

—La estará acompañando para coger setas o algunas de esas hierbas raras que solo ella conoce y utiliza, tanto para condimentar los guisos como para hacer medicinas.

—Sí, esa alba tiene un saber profundo sobre cada hongo y cada planta, y los poderes que estos ocultan —continuó el de la capa verde.

—Sí, y su hija es hermosa, una alegría verla entre las tinieblas de nuestro pueblo.

—No les importa mojarse. Bueno, parece que ya corren hacia la entrada del gran fresno.

Llovía sobre aquel mundo en el que, tras un par de horas, caería el ocaso otoñal, aunque al poblado albo de aquellos jóvenes la luz del sol nunca entraba.

Con el atardecer retornaron al habitáculo donde moraban. Pero en vez de hacerlo por la entrada principal, ante la que se alzaba un viejo y majestuoso árbol, lo hicieron por un portillo menos transitado y vigilado.

Recorrieron las galerías, donde se repartía el espacio entre albos y animales. Pese al orden imperante y los huecos para la ventilación, pues la sana convivencia exigía una gran organización, no dejaban de mezclarse los olores y crearse un ambiente bastante cargado. Había algo en los dos muchachos albos que les hacía sentir cierta tristeza y cansancio al contemplar las hogueras aquí y allá encendidas para cocinar, ahumando así el entorno; los ruidos de las bestias estabuladas y las gentes apelotonadas, a veces, en los huecos que conformaban sus viviendas. Pese a todo había sitio para la belleza y hacer confortable la vida en aquel mundo subterráneo. Pieles y rústicas alfombras se extendían por el suelo de muchas viviendas, y se pintaban algunas paredes de vivos colores simulando paisajes, cielos estrellados, figuras de animales o imaginativas decoraciones.

Pero algo había entrado ya en el corazón de aquel par de albos: algo que hablaba del viento, de los cielos claros y los firmamentos estrellados, del crepitar y el frescor de la lluvia, la misteriosa espesura del bosque o el esplendor de los campos. En definitiva todo aquello que quedaba fuera de la caverna.

Además, había un pensamiento que volvía una y otra vez a sus jóvenes cerebros. Si todos esos males que asolaban el orbe habían surgido del interior de la tierra, ¿por qué entonces cobijarse bajo su superficie y excavar galerías para protegerse de los muchos peligros que había en el mundo exterior? ¿No se acercaban de esa manera al posible origen que tanto horror escupía sobre el inmenso y pétreo corazón? ¿Podrían cruzarse algún día en sus socavamientos con alguno de aquellos corredores desde donde los seres malignos alcanzaban ese mundo del que ellos huían? A veces pensaban que vivían en una contradicción.

Transcurría el otoño. Pronto llegaría el invierno, y con él los fríos y la nieve. La rutina pesaría aún más durante las largas noches. Ni las distracciones y los trabajos, ni la preparación de alimentos y bebidas ni los talleres donde labraban la madera, el cuero o la fragua lograrían apartarles de lo que ahora ocupaba su ánimo. Y esperaron al buen tiempo, buscando compañeros, haciendo pequeñas salidas o ideando rutas, forjando así una gran ilusión a la que ya no podían renunciar. Durante esa espera también se fueron tejiendo extraños sentimientos y nuevas pasiones.

Una mañana de primavera, casi con las primeras luces, cinco jóvenes albos, uno de ellos una fémina, abandonaron el poblado subterráneo por una pequeña puerta apenas vigilada. A Guilmer y Souarce se habían unido Solona, su hermano mayor y un amigo de este. La muchacha intentó convencer a su más preciada compañera, pero esta no se atrevió a dejar a los suyos, aunque prometió su silencio hasta que partiesen. No obstante, la albita, temiendo el dolor que su marcha iba a causar a sus padres, había cosido en un blanco paño con hilo verde la siguiente frase de despedida: "Queridos padres y hermanos. Darlín y yo hemos marchado, junto a unos amigos, en busca de nuevos horizontes. Vamos libres y felices. No os preocupéis. Os amamos y os llevaremos siempre en nuestro corazón. Solona", y lo dejó en un sitio donde pudieran encontrarlo con facilidad.

El cielo fue iluminándose poco a poco en aquel hermoso día en que el dolor de lo que quedaba atrás también parecía acompañarles. Andaban deprisa y hablaban poco, pues lo único importante era alejarse, poner tierra por medio para no echarse atrás.

En mitad de la jornada la muchacha sacó de su morralito un nuevo acompañante. Un pequeño conejo blanco que acostumbraba a tener como mascota.

—¡Por Margald! —le increpó su hermano—. ¿Cómo te has traído a Plata? Te prometo que si no tengo qué comer, no perderé un instante en convertirlo en guiso.

—¡Ni se te ocurra! —respondió la fémina acariciando a su animalito, al que había puesto aquel extraño nombre porque su blancura recordaba a la albura del precioso metal, y su paso por las tinieblas de la cueva rememoraba el resplandor de la luna en la noche—. Ya cuidaré de que no paséis hambre. Y aunque así fuese, no lo tocaréis: antes pasaréis por mi cadáver.

Todos rieron aquel gesto apasionado

Pasaron rápidas las horas en aquella primera jornada. Pero luego los días se difuminaron monótonamente, pues había algo diletante en su rumbo, y pese a sus cavilaciones, no se aclaraban hacia dónde podía estar aquel poblado de sus antepasados. Además, existían peligros, pues merodeaban algunos grupos oscuros por la región y abundaban las feroces alimañas. Las selvas parecían más espesas y los montes Excuris, más lejanos. Pero aquellos albos, aunque algo inexpertos, eran buenos cazadores y pescadores. Además, Solona había aprendido con su madre lo mucho que podían alimentar, condimentar e incluso curar ciertas plantas. Mas sobre todo eran jóvenes y ansiaban vivir y conocer cosas nuevas.

Llevaban un par de días recorriendo un tupido bosque donde el frescor parecía anunciar la cercanía de las montañas. A mediodía se detuvieron en un gran claro que se formaba en la arboleda para disponerse a descansar y tomar algo bajo un sol primaveral que empezaba a calentar, resultando agradable. De pronto sintieron un retumbar cercano y corrieron veloces a ocultarse en la espesura. Apenas les dio tiempo de no ser percibidos. Un hermoso toro de pelaje rojizo y grandes cuernos comenzó a cruzar el calvero que formaba la floresta seguido de dos terribles bestias que estaban a punto de darle alcance. La visión de aquella pareja de horribles seres atemorizaba con solo verlos, así como su carrera frenética y la rabia que parecían llevar dentro, pues de sus abiertas fauces, armadas de afilados y oscuros dientes, surgía una espuma amarillenta y repugnante. Su porte era casi tan grande como el del enorme astado que huía desesperado por el pánico. Su forma confundía monstruosamente la del jabalí y el lobo, pero su piel parecía más un áspero tegumento como la de los reptiles, aunque salpicada aquí y allá de brotes de un pelo de indefinida entonación, sobre las manchas pardas, negras y amarillas que la conformaban. Sus ojos, puestos casi al azar sobre sus enormes, y deformadas cabezas, semejaban dos ardientes brasas, y como para completar aquel cúmulo horrible asomaba de ambos cráneos algún extraño cuerno colocado sin más propósito que el de causar espanto. Los cinco albos, aparte de sentir temor, no pudieron de dejar de preguntarse quién podía haber creado con sus flechas tales animales, o si más bien eran engendros surgidos de aquel inframundo que no hacía más que escupir horror y maldad sobre la Tierra.

No tuvieron mucho tiempo para reflexionar. Las extrañas bestias estaban dando alcance al rojizo toro cuando, de pronto, como surgido del fondo de la tierra, apareció otra alimaña como ellas que se plantó delante de la exasperada presa, y esta, en un último esfuerzo de energía y valor, cargó contra su nuevo depredador. Un aullido horrible brotó de aquel último y siniestro invitado, que, revolviéndose, enganchó al bóvido por el cuello, mientras sus compinches le daban alcance sujetándole las patas con sus insaciables bocas. Entre mugidos, el pobre animal pronto se convirtió en un montón de carne desgarrada y sangre. Pero aún estaba el astado dando sus estertores finales cuando los dos primeros de aquellos seres monstruosos se lanzaron sobre el que había aparecido en discordia y, tras una breve lucha, pues el toro le había herido con fuerza, acabaron con él, aunque antes pudo dañar levemente a uno de sus atacantes. Después se dispusieron a devorar a aquel engendro de su especie, pero el sabor de su carne debía de ser tan repugnante como su aspecto, así que volvieron a la captura inicial. Mas parecía que aquellos seres estaban hechos para la riña y la muerte. Pronto empezaron a pelearse por las vísceras del astado y se vieron envueltos en un frenético y horrendo choque. De la polvareda levantada por la confusión, pues hasta el suelo parecían revolver buscando sus entrañas, surgió victorioso uno de ellos cubierto de heridas. Sobre el cuerpo de su compañero de cacería, aunque no de compartir presa, el superviviente de tanta masacre mordía con saña el pescuezo del desafortunado perdedor, que no debía de ser otro que el que había quedado magullado en el anterior e inmediato enfrentamiento.

El claro del bosque había perdido toda su serena belleza: un amasijo de carne y sangre, tierra y hierba levantadas y una terrible fetidez a muerte y descomposición lo habían invadido todo en un instante. Envuelto en su triunfo, aquel monstruo que había pervivido gracias a su insaciable fiereza deglutía voraz sus presas, y asegurándose de que los que fueron sus compañeros estaban bien muertos, decantaba su gusto por lo que aún quedaba del toro.

Mientras, los albos escuchaban los repugnantes gruñidos de la bestia engullendo sus víctimas, a los que acompañaba con unos horrendos bramidos que parecían querer celebrar el solitario banquete. Tan callados como aterrorizados, los cinco jóvenes contemplaban todo como enajenados, hasta que Darlín entre susurros advirtió:

—Debemos irnos ahora. Entre tanta sangre no puede olernos y está demasiado concentrado para oírnos si obramos con sigilo.

Fue en aquel instante cuando Plata, aplastado nerviosamente por Solona hasta hacerle daño, salió corriendo hacia la pradera. Una ligera exclamación de la fémina y la agitación del ramaje se confundieron azarosamente.

De pronto, aquel engendro dirigió su incierta mirada hacia ellos como si percibiese algo con su picudo y deforme hocico. Lentamente abandonó su carnaza mientras simultáneamente aparecía el blanco roedor en su campo de visión. Avanzó veloz y el animalito desapareció en sus ensangrentadas fauces. Pero algo más había llamado su atención, dirigiéndola hacia el aterrorizado grupo de albos, que, aún ocultos, estaban próximos a convertirse en nueva presa de aquella criatura insaciable. Tanto era así que ya amagaba con acometer su ataque sobre la porción de espesura sobre la que ellos se encontraban.

Mas a veces el tiempo parece detenerse de muchas formas, y a uno de los albos, como un fuego, le poseyó una poderosa fuerza que, bullendo sobre su cerebro, le inflamó el corazón. Ante aquella amenaza de arremetida su pensamiento no pudo imaginar un mundo sin la albita.

—¡Corred hacia el lado opuesto! ¡Rápido! —gritó Guilmer mientras se incorporaba y en frenética carrera se dirigía hacia la otra dirección del calvero—. ¡Monstruo, aquí estoy, ven a por mí!

Todos, hasta la propia alimaña, quedaron sorprendidos por aquello. La figura del joven corría veloz hacía la espesura opuesta mientras portaba agitando su afilada daga en la mano derecha.

Sus amigos gritaron intentando detener lo que ya era imposible. Mientras sus pequeñas piernas se precipitaban hacia lo que parecía iba a ser su destino final, el valiente albo gritaba:

—¡Solona, te quiero! ¡Solona, te amo!

Le vieron perderse zambulléndose entre la arboleda. Detrás, no muy lejos, el maligno engendro con cierta torpeza le seguía derribando los árboles más débiles.

Los albos fugitivos corrieron sorteando veloces el claro del bosque mientras escuchaban con el corazón roto los siniestros ecos de la persecución. Durante la frenética escapada creyeron oír un terrible grito.

Hasta que no se sintieron lejos del alcance de todo aquello no pararon de correr. Finalmente, Solona, y después todos los demás, cayeron rendidos y empezaron a llorar de manera desconsolada.

Un amargo sentimiento de cobardía y egoísmo, por no haber seguido a su valiente compañero, se unía a la desesperación ante aquel mundo lleno de peligros.

—¡Pobre Guilmer! ¡Pobre Guilmer! —repetía desconsolada la alba, que además se sentía culpable, pues su mascota había provocado el fatal incidente–. ¡Lo ha hecho por mí! Me quería. El desgraciado me quería. Yo no sabía...

—¡Cálmate, Solona! —le decía su hermano—. Lo ha hecho por todos. Su sacrificio ha sido por el grupo... A mí también se me rompe el corazón con lo ocurrido.

—Guilmer era mi mejor amigo —declaraba Souarce con el rostro cubierto por el sudor y las lágrimas—. No encuentro razones para seguir esta marcha, ahora que ya no está con nosotros.

—¡Por Osvoro! —gritaba entre sollozos el amigo de Darlín, que parecía tan compungido por el compañero muerto como horrorizado por las bestias—. ¿Qué seres eran esos? ¿De dónde han salido? —Hubo un leve silencio y el albo continuó—: ¡Hay tantos peligros! ¿No deberíamos volver?

—¿Y entonces, Souarce, Malio, qué sentido tendría la muerte de Guilmer? —respondió el hermano de Solona—. Debemos proseguir, aunque sea para continuar aquello por lo que él se ha entregado. ¿Qué queréis? ¿Volver con los nuestros para decir que hemos fracasado y encima a nuestro amigo le han matado?

—A lo mejor no ha muerto y ha logrado escapar —comentó la albita—. ¡Por Alteya, no debí traerme a Plata! ¡Esto no habría pasado!

—No te culpes, hermanita. Si no hubiera sido eso, habría sido otra cosa —dijo con tristeza Darlín—. Pero todos oímos un terrible grito. ¡Ojalá fuese como insinúas! Créelo así si te consuela. No vamos a volver a comprobarlo, aunque nada quedaría ya de él. En fin..., debemos seguir,

—¡Eran repugnantes! No puedo imaginar a un albo creando esos bichos —decía Malio—. O a lo mejor no es cierto que los animales los crearon nuestros antepasados.

—Olvídate de eso —le respondió el hermano de la damita—. Los primeros días fueron como cuentan, pero todo ha cambiado, y esos monstruos pueden haber brotado de cualquier lugar, de cualquier ocasión en que la maldad y el horror hagan acto de presencia. Hasta tú lo has visto: uno apareció de pronto, como arrancado del suelo. ¿Alguien lo percibió antes?

Todos negaron, y con ello vino otro largo silencio, pues ello hacía suponer que en cualquier momento podían aparecer seres terribles que cayeran sobre ellos.

—¡Quiera Margald que Guilmer se haya salvado! —volvió a decir Solona—. A lo mejor, tuvo suerte: era un gran corredor...

Hubo un largo y triste silencio. Los ojos de todos, en especial los de Souarce, brillaron por un instante con una leve esperanza de reencontrar a su buen amigo.

—¡A cuántos peligros estamos expuestos! —volvió a exclamar la albita—. ¿Acaso no hemos obrado insensatamente escapándonos?

—¡Ni lo pienses! —dijo su hermano tajante—. También hay peligros en las galerías. Y en todos lados. Pero llevamos armas y sabemos defendernos.

—¡Eso es cierto! —se unieron sus compañeros desafiantes—. ¡A quienes sean les costará arrancarnos la vida!

—¡Pero yo quiero vivir! —exclamó la joven alba desesperada.

Todos rieron con alegría momentáneamente, pero luego callaron recordando a su amigo muerto y que nadie habría podido defender. Siguieron su marcha apesadumbrados y en silencio, con temor de hacer ruido y poder ser atacados por alguna otra alimaña.

—Los oscuros son nuestro principal adversario, pero no el único —exclamó de repente Souarce, como hablando para sí mismo—. Desafortunadamente, hay otros seres crueles como estos, y también tantos animales que no les van a la zaga en ferocidad. Pero así es el mundo, y también hay cosas bellas y buenas en él. No debemos abandonar nuestro cometido. —Y tras un silencio—: Y siempre llevaremos a nuestro camarada en el corazón. Como si nos acompañara.

Siguieron adelante, semejantes a una suave brisa sobre aquel orbe turbulento. Avanzaban con sus ropas grises y pardas combinadas con otras prendas amarillas, rojas, azules, que daban luz y color a los sombríos bosques y a los páramos montañeses. Poco a poco la alegría por la aventura fue aliviando la pérdida del amigo y la amenaza de los peligros. Continuaron caminando para vivir el resto de sus vidas en lugares más bellos y amables y llegar al convencimiento de que hubo otros tiempos mejores. Pero, quizás, sobre todo, satisfacer esa innata curiosidad que nos hace preguntar: ¿de dónde venimos? ¿Por qué es así el mundo? ¿Para qué estamos aquí y qué nos traerá el mañana?

* * *

Los albos habían nacido de las estrellas, vivido y crecido bajo la bóveda celeste. El mal, en cambio, había salido de lo profundo del pétreo e inmenso corazón. Sin embargo, ahora, a muchos de ellos el miedo los arrastraba a lo hondo, a vivir en cavernas para huir de aquel mundo de oscuridad que los atacaba y masacraba constantemente. El destino de algunos pueblos se ocultaba ahora en las entrañas de la tierra, mientras el mal campeaba bajo el firmamento. Aunque el orbe aún libraba una batalla ante los cielos, el sol, la luna y las estrellas, y estos sabían en qué espíritus se albergaba la luz.

* * *

La suave brisa nocturna refrescaba unos campos recalentados durante todo el día por el sol estival. Una lechuza emitió su chirriante ulular mientras observaba las sombras desde lo alto de una rama en aquella noche sin luna. Los jinetes llegaron como lobos, escondidos entre la oscuridad y el silencio, para caer a sangre y fuego sobre la aldea que dormía en aquellas tibias horas de verano.

Un feroz grito rompió la quietud nocturna; luego siguió el galopar desbocado de los caballos, el resplandor de una cabaña ardiendo y las voces desesperadas de los habitantes de la población asaltada.

—¡Que Margald nos asista! ¡Nos atacan los oscuros! —exclamó Savro, tras saltar del lecho y asomarse por la ventana—. Siempre dije que debíamos levantar una empalizada. Ahora ya es tarde. ¡Corred, no hay tiempo que perder!

Había arrancado, literalmente, a su esposa y sus dos hijos del lecho y distribuyó rápidamente un arco con flechas, un par de cuchillos y un hacha. Mientras, le dijo a su mujer que cogiese unas tortas y una cantimplora. Durante el tiempo en que esta preparaba todo aquello velozmente, afuera no se oía más que un terrible caos y griterío. Que la vivienda estuviese un poco apartada del resto del poblado había postergado la agonía que estaban ya sufriendo el resto de sus vecinos.

—Marchad y esperadme hasta antes del amanecer en la cueva que hay detrás de la cascada —dijo el patriarca brevemente—. Si no he llegado con el alba, escapad y cruzad las Montañas Azules por el paso de Rodatar, y al otro lado, bajando los valles, llegaréis a la población de Gesovia. Una vez estuve allí. Varios grupos de claros se han unido fortificándose para poder vivir seguros.

—¿Y tú? —exclamó presa de la desesperación Dárnama, su cónyuge.

—¡Debo ayudar a nuestra gente! No puedo marchar sin combatir junto al jefe y los demás. ¡No hay tiempo, partid! Os prometo que trataré de salvarme.

Los gritos de desesperación de su esposa y sus hijos, mientras abandonaban la vivienda por una pequeña puerta trasera, le rompían el corazón. Con el espíritu deshecho, pero lleno de cólera hacia aquellos asaltantes y toda la tragedia que traían tras de sí, cogió su espada y marchó hacia la lucha.

Con el dolor y la angustia arañando sus entretelas dejaron atrás a su marido y padre, perdiéndose en un caos de gritos, relinchos y el chocar metálico de las espadas, bajo un cielo iluminado por el siniestro y ensangrentado resplandor de las llamas recortándose sobre el cielo nocturno. Descendieron por la maleza y el arbolado, dando trompicones, pues era profunda la negrura de aquella noche una vez que la aldea ardiente quedó atrás.

Pero conocían bien el camino y pronto escucharon el caer del agua, y, aun a tientas, dieron con el paso entre las rocas que daba acceso a la gruta detrás de la cascada.

En silencio, llena de dolor, pero sabiendo que no debía romperse ante sus pequeños, Dárnama escuchaba el llanto de sus hijos, un albo de doce años y una fémina de ocho. Así pasó el tiempo sin que nadie llegase. De pronto, y pese al ensordecedor bramido de la catarata, se escuchó un sonido. Se ocultaron por prudencia, mas al poco apareció ante ellos, casi invisible entre las sombras, una dama joven con una criatura entre sus brazos. En ella reconocieron a Tesira, una vecina, con su hija, apenas un bebé.

—¿Tu marido también te mandó que vinieras aquí? —le preguntó, tras un breve gesto de sorpresa, la madre más adulta, tras estrecharla en un abrazo en el que se entremezclaban la tristeza y la complicidad.

—Sí —respondió la recién llegada entre sollozos—. Este sitio siempre fue el acordado por muchos del consejo para los momentos de peligro. ¡Oh, Dárnama! ¿Tú crees que volveremos a ver a nuestros esposos?

—Eso espero, Tesira. Y no solo a ellos, sino a nuestros vecinos, a la aldea entera. No debemos olvidarnos de ellos.

—Claro, Dárnama. Perdóname. ¡Pero es que llevábamos tan poco tiempo juntos!

—¿Qué harás si tu esposo no vuelve con el nuevo día?

—Seguiré esperando... Volveré al poblado... a ver si encuentro al menos su cadáver —contestó entre llantos la madre de la criatura.

—¡No seas loca! Los oscuros pueden quedarse más tiempo de lo que tú imaginas —atajó su compañera—. Si Savro no regresa, me pidió que con el nuevo día marchase hacia un gran poblado llamado Gersovia, donde parece que los claros se han hecho fuertes. Quizás, si sobrevive, él también podría llegar allí.

—Yo no haré eso, Dárnama. No me pidas que te siga.

—Piénsalo, porque los oscuros también pueden saber de esta caverna antes de lo que nosotras pensamos.

Pasaron las horas, los minutos y los segundos. Empezó a clarear, rayando un alba por ninguno deseada. Las luces agrisadas se reflejaron sobre el chorro de agua. Después, lentamente, y con el paso del tiempo, la transparencia fue venciendo a las sombras. Nadie había llegado, ni nada había roto el angustioso silencio que embargaba al grupo, hasta que finalmente la alba de más edad lo quebró con sus palabras.

—Pronto partiré, Tesira. Acompáñame, a mí también me duele el alma. Pero lo mejor que podemos hacer por nuestros esposos es que sobrevivan nuestros hijos. —Mientras la mayor hablaba, sus ojos se llenaban de lágrimas y abrazaba con frenesí a su compañera de desamparo.

Tesira callaba y lloraba, pero no se movía de allí. Hubo un largo rato de espera, y luego, tras un gesto, se apartó en un rincón de la gruta.

Ya habían empezado a salir de entre las rocas Dárnama y sus hijos cuando oyó que la otra alba la llamaba; llegó corriendo, la abrazó entre lágrimas y el desconsolado grupo echó a andar silenciosamente, en dirección a las montañas.

No llevaban mucho recorrido cuando escucharon un ruido de pasos. Se escondieron, y al poco apareció por el camino Calistro, un anciano que vivía en su aldea.

—Calistro, ¿has sobrevivido al ataque? —le gritaron las dos féminas.

El pobre viejo, que se movía con esfuerzo debido al peso de los años, se sobresaltó, pero luego mostró una gran alegría por encontrar supervivientes de su aldea.

—¡Por Margald! Creía que nadie se había salvado.

—¿Y nuestros esposos? ¿Sabes de ellos? ¿Ya no viven? —preguntaron las damas, al unísono, con tono acuciante.

—No puedo deciros nada con certeza —dijo el aludido—. ¡Estaba todo tan oscuro y confuso...! Pero no debéis volver allí. Al amanecer los oscuros aún merodeaban y ya no había ninguna lucha. —

Las dos albas rompieron a llorar y también los dos hijos de Dárnama. El bebé pronto les acompañó, aun desconociendo la causa de tantos lamentos—. Pero pueden algunos haberse escapado como nosotros; no tenemos por qué ser los únicos —añadió el anciano.

Luego empezó a relatar que aquel atardecer había decidido dar un paseo por los bosques, pues le gustaba coger plantas para sus achaques y observar la espesura al frescor del anochecer. Mas cuando volvía le sobresaltó ver un resplandor de llamas en el horizonte y escuchar después el estruendo de la lucha. Pudo ver el asalto escondido tras unas rocas y, aunque no era mucho lo que podía contemplarse desde aquel lugar, comprobó que el poblado caía irremediablemente en manos de los bandidos, pues eran mucho más numerosos, además de contar con la ayuda de la sorpresa; pero también vio cómo los suyos luchaban y morían enfrentándose con valor a aquel cruel enemigo. Desgraciadamente, no podía decir nada sobre sus dos maridos, pues no recordaba haberlos visto desde su limitado campo de visión.

Después, las fugitivas le contaron que se dirigían hacia las Montañas Azules para atravesarlas por el paso de Rodatar y, desde allí, llegar al pueblo de Gersovia, que se había convertido en una plaza segura para los claros.

—Gersovia. La conozco, estuve allí hace mucho tiempo. El camino hasta ella es largo y duro para un anciano como yo, pero no para vosotros —dijo Calistro—. Mi vejez os entorpecerá; es mejor que continuéis solas.

—Somos todo lo que queda de nuestro amado pueblo o, al menos, que sepamos —contestó Dárnama con energía—. Y no vamos a permitir que nos dispersemos más. Continuaremos juntos, vayamos donde vayamos, y al paso que haga falta. Pero Bartiava, nuestra aldea, ya no se romperá más. —Interrumpió un momento para luego añadir—: Además, yo no sé llegar bien al desfiladero Rodatar; mi esposo apenas pudo darme indicaciones, y creo que nos costaría llegar solas.

—Hasta ahora era una elección ir con vosotros —respondió el abuelo—. Ahora es una obligación. Rodatar, Rodatar, extraño nombre. Creo que, pese a mi decrépito paso, os podré servir de guía.

Así, se pusieron en marcha hasta llegar a las estribaciones de las Montañas Azules, faldeándolas a través de las densas selvas que crecían a su vera. Eran tierras solitarias; no se divisaba más que algún villorrio lejano cuando subían a cierta altura. Se habrían acercado a ellas para avisarles del peligro de los oscuros y reponer fuerzas, pero no sabían del cariz de sus habitantes y tampoco se encontraban en condiciones de alargar su ruta.

Muchas jornadas las hacían de noche para evitar el calor y ser vistos. Una mañana, cuando todavía seguían avanzando bajo la penumbra de los bosques, se alzó ante ellos de manera amenazadora un gran oso pardo. Después de tantos días perdidos por las florestas, cazando y buscando qué comer, el grupo de albos estaba curtido y sacó valor de su desesperación. Con los cuchillos y bastones se pusieron a la defensiva frente a la bestia.

Mas de pronto se escuchó un extraño ruido y apareció un curioso personaje. Un albo vestido con ropas ajadas y parches hechos de pieles se agitaba amenazante ante la bestia con unas flechas en una mano y su arco en la otra. Danzaba y gritaba haciendo extraños gestos, y lo más curioso era la caperuza que llevaba cubriéndole la cabeza con la cornamenta, las orejas y parte de la cara de un ciervo. El oso quedó aturdido con aquella extraña aparición y sus singulares movimientos; luego, aún siguió alzándose amenazador, hasta que finalmente los ademanes y exclamaciones del recién llegado consiguieron hacerle marchar.

—Le podría haber cazado, pero creí mejor hacerle huir si podía. Habiendo pequeños, es menos peligroso —dijo como presentación su salvador.

Era un joven albo que parecía claro, más por la franqueza de su mirada y su actitud que por sus descuidadas vestiduras cubiertas de pedazos de pelajes. Además, su afortunada aparición alejaba toda sospecha.

—¡Muchas gracias por tu valiente intervención! —expresó Dárnama complaciente—. Apareciste en el momento justo para salvarnos. Estamos tan débiles que no creo que hubiésemos podido aguantar mucho más a aquella bestia.

Hubo un breve silencio y el recién llegado continuó con cierta timidez:

—Mi nombre es Lurpo, y hace tiempo que vago por estas tierras. Años atrás, mi aldea fue atacada y destruida por los oscuros. —Un gesto de desolación cruzó su rostro—. Yo me salvé y escogí esta vida errante. —Los demás iban a hablar, pero él les detuvo con un ademán—. Desde hace dos días os vengo siguiendo a escondidas. Ya sé que no está bien. Perdonad. Pero ya veis que ahora os ha beneficiado. —

Un gesto de ligera molestia cruzó entre los albos que le escuchaban—. Oí vuestras conversaciones. Sé hacia dónde os dirigís, y puedo deciros que si queréis un buen guía para cruzar estas montañas, nadie mejor que yo. Hay al menos dos enclaves fortaleza oscuros entre estas cumbres, que son más extensas de lo que podáis creer. Pero el paso de Rodatar no está lejos; lo podemos cruzar para la luna nueva, pues habrá que hacerlo de noche.

El grupo asintió finalmente ante el desconocido, admitiéndole como guía y confiándole además su triste historia, la cual él ya conocía a grandes rasgos.

Siguieron su camino, ahora con Lurpo, con el que pronto fueron tomando confianza, pues era sincero y cordial de trato. Además, sabía interpretar el bosque como si formase parte de él. Parecía adivinar el significado del canto de los pájaros, los sonidos de otros animales y hasta el crujido de los árboles mecidos por el viento. Ninguna señal, pequeño cambio o matiz le eran extraños.

Un atardecer, todavía internados en las espesas florestas, llegaron a un singular paraje, donde un riachuelo discurría dulcemente entre la arboleda. Una corza y su cría que abrevaban en aquellas aguas se alejaron asustadizas con su arribada. Los pequeños se regocijaron con su aparición, y las albas decidieron quedarse en aquel lugar.

Mientras, Lurpo se alejó un poco, y a través del ramaje miraba a escondidas hacia un pequeño claro del bosque que se extendía próximo. Una figura encapuchada y con una negra capa cubriéndola permanecía de espaldas a él, sentada sobre un tronco caído, mientras próxima pacía su cabalgadura.

—¿Tú también lo has visto? —preguntó susurrante Calistro, que se había acercado al joven cazador lentamente.

—Sí —respondió el joven lacónico y en un tono casi inaudible.

—Mis ojos, aunque viejos y fatigados, lo han percibido también —continuó el anciano—. He oído hablar de esos jinetes nocturnos. Pero creía que la oscuridad era su dominio y no estas horas crepusculares.

El de la cornamenta de ciervo se llevó un dedo a los labios pidiendo silencio. Luego dijo casi para sí mismo:

—Yo vi una vez a un grupo de ellos cruzando un campo como siniestras sombras. Era una noche cerrada, pero aun así podría jurar que sus caballos eran tan negros como la propia noche. Y él de este no lo es.

Por un instante la misteriosa figura pareció girar la cabeza hacia ellos, aunque no lo bastante como para poder contemplar sus rostro. Pero ambos tenían la sensación de que el extraño sabía que estaban allí.

—Debemos marchar de aquí —dijo el joven con el mismo tono.

Se acercaron donde estaba el resto del grupo aconsejando sigilo, pues los pequeños hacían algo de ruido.

—No os sobresaltéis —continuó Lurpo quedamente—. Debemos marchar de aquí. —Luego, mintiendo, añadió—: Conozco este riachuelo; más adelante hay un remanso de cristalinas aguas donde es fácil ver nutrias.

Las albas no preguntaron al advertir el peligro, y el grupo siguió curso adelante, aunque sin encontrar los citados mustélidos. La oscuridad nocturna solo dejó su murmullo como única forma de percibir el arroyo.

Un par de días después, el bosque comenzó a clarear y el terreno a ser más abrupto y empinado. No tardaron en empezar la ascensión de las cumbres. Calistro se cansaba cada vez más, pero el grupo aminoraba el paso para que no quedara atrás. Asimismo, la aparición de Lurpo había proporcionado mayor cantidad de alimento al grupo, pues era un hábil cazador y pescador, además de un experto en otros recursos de la naturaleza.

La ascensión hasta el paso de Rodatar fue dura, pues iba escaseando la vegetación y extendiéndose cada vez más los pedregales, azotados por los fuertes vientos de las cumbres.

Llegaron a las proximidades del pasaje un atardecer, aunque esperaron a que cayera la noche, refugiándose al abrigo de unos salientes rocosos, para cruzarlo en la sombras y evitar ser vistos.

—Tu esposo hizo bien en recomendarte este paso —dijo el joven albo—. No solo es el más directo, sino también el más seguro. A los oscuros no les gusta ir sin sus caballos, y en esta zona tan agreste y llena de canchales les cuesta acceder bien con ellos. Así que rara vez lo suben para amenazarlo.

Con la noche, en luna nueva, atravesaron por un portillo, abierto como una cuchillada entre las grandes masas rocosas de las cumbres. A una vuelta del camino, antes de acceder por el estrecho y encrespado pasaje, vieron de repente descender del cielo una estrella que, pareciendo tener más luz que las demás, cayó hacia el horizonte que habían dejado atrás. Hasta que aquel misterioso astro se debió de estrellar en algún lugar lejano, produciendo un gran resplandor en el cielo.

Todos se sobresaltaron, pues nunca habían visto nada semejante. Pero aún más les extrañó la reflexión que poco después hizo Calistro:

—El mundo y nosotros los albos vivimos inmersos en una caverna. Nos es casi imposible mirar al firmamento para buscar esperanza. Pero el cielo nos envía su fuerza. Esa estrella que cae nos recuerda de dónde somos, de dónde venimos y que no debemos temer a esta Tierra que parece prisionera, encerrada en una caverna de odio y sangre.

Aquella luminaria descendiendo del cielo se convirtió así, para todos, en una buena señal y un motivo de esperanza.

Cruzaron tranquilamente el señalado desfiladero, protegidos por las sombras; pero en el descenso aquella oscuridad hizo resbalar a Calistro entre unas peñas, cayendo por una ladera. Lurpo descendió enseguida para auxiliarle. No había sido un gran golpe y las rocas le habían salvado de caer a lo profundo de los barrancos, pero los viejos huesos del anciano se resintieron en exceso.

Aquella noche debieron quedarse allí, contemplando el otro lado de las Montañas Azules, bajo las estrellas y con el peligroso paso a sus espaldas.

A la mañana siguiente, tras un largo descanso, siguieron; pero pronto el anciano dio muestras de no poder continuar.

—Te llevaré a mis espaldas, abuelo —dijo el albo que ejercía de guía—, y cuando lleguemos a los bosques habrá material suficiente para hacerte unas angarillas.

—Fue Margald quien te puso en nuestro camino, Lurpo —exclamó emocionado el malherido—. No sé qué habríamos hecho sin ti. Pero algo me dice... que ese tiempo nuevo que parecía anunciar la estrella de ayer... no me alcanzará.

—No sé si ese lucero significaba algo —continuó escéptico el joven—. Pero a ti, viejo, todavía no te ha llegado el momento de dejar este mundo.

Aquella noche descansaron tras una ruda marcha. El peso de Calistro les había impedido arribar a los bosques que se veían ya, casi al alcance de la mano. Tanto era así que Lurpo se acercó hasta sus lindes para coger palos y hacer una camilla.

Mientras las dos damas y los pequeños permanecían con el herido, este hizo una señal a Dárnama de que quería hablarle. Ella se acercó y el anciano, con una voz casi inaudible, le dijo:

—Voy a morir pronto. —Con un gesto calló a la alba, que quería hacer demostraciones de que no era así—. Lo sé. Ha llegado mi hora, y no quiero ser más un estorbo... No puedo dejar esta vida sin decirte algo. —Hubo un largo silencio y Calistro cogió aire y ánimos para lo que había de comunicar—. Sé que ya lo supones..., pero debo confirmártelo, aunque me duela en el alma... hacerlo... Vi a Savro luchar como un tigre... contra una multitud de esos malditos oscuros. Y los fue venciendo... hasta que acabaron con él... Puedes... estar orgullosa de tu esposo..., Dárnama.

La alba empezó a llorar suavemente y en silencio, para evitar ser escuchada por los demás. Mientras, repetía de manera casi inaudible:

—¡Lo sabía! ¡Lo sabía! Tenía que luchar hasta el final.

—Vive por él... Saca adelante a tus dos pequeños... Y que vivan también por mí, por toda la aldea... Nadie se salvó..., estoy seguro. Esos bandidos se quedaron allí para matar y destruir todo lo que no querían llevarse a la grupa de sus bestias... a uno de esos oscuros rincones que llaman refugios. —La voz del viejo se había animado por la ira que encendían los aún recientes recuerdos, mas luego la bajó—. No vi a Narnuk..., pero sí estuvo combatiendo no pudo salir... de aquella trampa... Mas nada digas a... Tesira, es demasiado joven... Déjala olvidar...

—¡Mira, abuelo! Con estos palos y algunas de las viejas telas que tenemos creo que podré hacerte una camilla esta noche —gritó Lurpo, con tono jovial, que acababa de llegar interrumpiendo el triste discurso del anciano.

—Gracias, joven —dijo el aludido—. Pero no te molestes, creo que ya se acerca mi destino a buen paso.

—¡Calla, viejo, y déjame trabajar en tus angarillas! —interrumpió el montaraz mocetón con desparpajo.

A la mañana siguiente, Calistro había abandonado su lecho. Arrastrándose por entre las rocas había intentado dejar de ser un estorbo para el pequeño grupo. Pero no pudo ir muy lejos. Lurpo, hábil rastreador, lo encontró enseguida aún con vida, a poca distancia de un despeñadero que quizás le habría permitido alcanzar sus mortales deseos.

—¡Maldito anciano! —le increpó el joven mientras le recogía entre sus fuertes brazos—. Aún no ha llegado el momento que ponga fin a tu sino. ¡No vuelvas a hacer esto! Cruzamos siete el paso de Rodatar, y siete llegaremos a Gersovia.

Y así continuaron su larga marcha, ahora con Calistro sobre una camilla, pero también bajo el frescor sombrío de la espesura y el piso más suave y esponjoso de los bosques.

Un atardecer, tras subir a un altozano ya casi en las estribaciones de aquellas montañas que tanto les había costado atravesar, divisaron luces de hogueras y humo que se elevaba sobre una colina lejana, bajo los últimos resplandores del crepúsculo.

—Eso debe ser Gersovia —dijo Lurpo.

—¡Al fin...! ¡De nuevo vuelvo a divisarte, vieja y gran aldea! —exclamó Calistro, sacando voz de su maltrecho cuerpo—. Aunque no puedo decir que pueda verte..., pues mis ojos ya apenas alcanzan... a vislumbrar ya nada a más de... dos palmos.

—Pasemos aquí la noche —apostilló la madre de los dos albos—. Es un bello lugar.

Allí pernoctaron. Al amanecer, Dárnama miró hacía Calistro, y vio su rostro congelado por un gesto de muerte. El viejo había abandonado la vida, sintiendo, más que contemplando, las luces de Gersovia.

—Quememos aquí el cadáver. Este lugar lo recordará para siempre —pidió la alba a sus compañeros.

—De acuerdo —dijo el guía—. Me haré con resinas que precipitarán la llama.

Y así hicieron, aun a riesgo de que el fuego y la humareda fuesen avistados por algún peligroso desconocido.

Mientras elevaban las oraciones álbicas por el fallecido, la albita empezó a coger florecillas violetas, amarillas, blancas... que crecían por aquel altozano y las echaba a la lumbre crematoria. Su hermano no tardó en imitarla.

—Las flores son como las estrellas del campo. Acompañarán a nuestro querido amigo en su último viaje —declaró su madre, que, agachándose, hizo un pequeño ramo e imitó a los pequeños.

—Para nosotros este cerro siempre llevará su nombre —añadió finalmente Tesira al partir de aquel lugar—. El monte de Calistro.

Un día y medio más tarde llegaron, tras cruzarse con varios grupos de albos claros, a la esperada población. Les sorprendió su alta empalizada, donde en algunas zonas estaban siendo sustituidos los largos troncos por una muralla más sólida de piedra. También había elevadas torres para proteger aquel muro defensivo.

Cuando cruzaron su gran puerta contemplaron sus calles concurridas, llenas de gentes.

En lo alto de una magna casona, que era donde residía el rey, se agitaba una bandera blanca con la estrella álbica de ocho puntas y una "M", la inicial del monarca que gobernaba aquel gran villorrio al que algunos también llamaban ciudad.

Los fugitivos sintieron que habían dejado atrás un tiempo de dolor y un viaje lleno de peligros para encontrar, definitivamente, un rincón en el mundo desde donde poder comenzar en paz una vida nueva.

* * *

Como dentro de una caverna estaban el corazón del Universo y los albos, cerrada por las tinieblas de Nakbar, esperando una luz, una esperanza, y mientras, cambiando su sentir en un mundo de lucha. El cielo y las estrellas estaban allí, pero el ánimo, sobrecogido por la crueldad y la adversidad, no conseguía elevarse hasta ellas.

El orbe, pendiente de aquel señor tenebroso, permanecía a su espera. La Tierra, convertida en un lugar angustiado y con miedo, un corazón dentro de una caverna, que no dejaba sentir el brillo de los astros.

Pero el que se pierde dentro de una cueva sabe que también en ella siempre hay, al menos, una salida. Y así empezaba a suceder en el ánimo de muchos albos, que presagiaban una época nueva, creciendo en ellos una extraña esperanza, difusa, que iluminaba el mañana y les hacía pensar que los tiempos oscuros quedarían algún día atrás, como una terrible lección o prueba, para dar paso a una era distinta en que la ilusión y la felicidad serían alcanzables.

* * *

La aldea se alzaba al abrigo de un gran acantilado. Sus cabañas de madera eran un pobre recuerdo del antiguo poblado de piedra, cuyas ruinas se elevaban todavía junto a la costa y que los oscuros habían destruido largo tiempo atrás. Allí quedaron, mientras ellos se refugiaban en aquella isla batida por los vientos.

Muy próxima se extendía una larga playa, donde reposaban los viejos botes inservibles. Las embarcaciones útiles de aquella población se encontraban bastante lejos, con sus tripulantes aprovechando las últimas luces del sol, para rematar la pesca de un día no muy afortunado en la faena.

—Tranquiano, debemos volver al pueblo; se va a hacer de noche y estamos muy lejos —comentó uno de los pescadores al patrón del bote.

Unas cuantas barcas se extendían por las proximidades, bajo la luz anaranjada de un sol que caía despacio sobre un océano completamente en calma.

—Está bien, volvamos —dijo el que dirigía la nave—. Mardil, muchacho, ayúdame con esto —completó dirigiendo su mirada hacia un jovenzuelo que les acompañaba—. Te gusta el mar, zagal, no hay más que verlo. Hasta tu nombre parece evocar sus aguas.

—¿Qué es eso? —gritó de pronto otro pescador—. ¡Mirad! —dijo señalando hacia el horizonte.

A la luz de aquellos últimos rayos desolados, subiendo lánguidamente sobre aquella balsa que era entonces el océano, se veía un gran chorro de agua elevándose al cielo. Lo que parecía una pequeña isla, lisa y brillante, se movía bajo él.

—¡Por Margald! —exclamó el que dirigía la lancha—. ¡Una ballena! Hace demasiado tiempo que no se dejan esos cetáceos caer por este litoral. ¡Marchemos a por ella!

—¿Estás loco? ¡Va a anochecer! Además, tampoco llevamos artilugios para cazarla.

—Yo siempre llevo un arpón, por si tengo que enfrentarme aunque sea a los oscuros —respondió Tranquiano—. ¿Y las armas que llevamos para defendernos de esas malditas bandas? ¡Probemos suerte! —Y gritando a las otras barcas, les señalaba la ballena.

Otros dos navíos más se unieron al primero, dirigiéndose hacia el gran animal, que bogaba tranquilo e indiferente a lo que le aguardaba.

Aprovechándose del distraído flotar de la ballena, el grupo de embarcaciones salvó la distancia al buen ritmo de sus remos, hasta que, de pronto, Tranquiano se encontró ante la masa oscura del cetáceo que se desplazaba como una sombra bajo los rayos del crepúsculo, y, lanzándolo, le clavó su arpón. La bestia se removió dolida, avanzó y luego se volvió rabiosa, descargando toda su fuerza sobre la frágil barca, que se quebró desfondada, echando al agua a toda su tripulación.

Cuando Mardil despertó, si se puede llamar a eso abrir los ojos, estaba en la más completa oscuridad. Lo único que recordaba, aparte del cetáceo atacando el bote, era el enorme animal marino abriendo su terrible boca detrás de él, mientras nadaba desesperadamente, y engulléndole por entero.

Enloquecido, se creía ya ciego, si no muerto; pero el hedor y la humedad del ambiente, el tacto viscoso de las paredes y el sofocante calor le hicieron comprender el terrible lugar en donde se hallaba: dentro del vientre de la ballena.

Mientras, fuera, sus compañeros lo buscaban, iluminando con antorchas entre las sombras a los que habían caído sobre el mar. Pronto el viento se volvió tenso y agitado, amenazando tormenta. Las barcas tuvieron que abandonar la zona, contando un desaparecido, además de un malherido por el ataque del cetáceo.

En el estómago del animal marino, el joven pescador vivía una situación tan angustiosa que su mente rozaba la locura y la desesperación. Arrastrándose en aquel espacio reducido, hediondo, totalmente oscuro y silencioso, buscaba algo con lo que darse muerte. El tiempo pasaba en la terrible sombra, mientras el enorme cetáceo nadaba por mares agitados alejándolo de cuanto había sido su existencia anterior. ¿Pero qué podía importarle ya eso?

Entraban de vez en cuando peces, la mayoría enteros y vivos, como él también lo estaba en aquel vientre voraz. ¡Quizás se introdujera alguna otra bestia, aún con aliento, que acabara con su existencia! Pero en aquella oscuridad cualquier sonido o sensación resultaban terribles y amenazantes. Pedía misericordia a Margald y salir pronto de allí vivo o muerto. Ni el peor de los albos merecía aquel destino.

Mas de pronto un pequeño pez cayó entre sus manos, removiéndose y causándole una rara sensación. Algo abultaba su vientre, emanando un efecto extraño. Apretó el pequeño cuerpo escamoso, y lo que parecía una piedra salió salpicándole. La cogió y notó una forma ovalada. Pero no era eso lo importante, sino lo que su tacto le hacía sentir, y un minúsculo destello rojizo que pareció alumbrarle en la oscuridad. En ese instante comprendió que saldría de aquel horrible lugar.

Aprisionó el pétreo objeto entre sus manos. Una extraña y poderosa fuerza pareció apoderarse de él, empezando a sacudir las paredes de la panza del cetáceo. Estaba convencido de que así escaparía y de que aunque lo hiciese en alta mar, volvería a vivir entre los albos. Y además, con tal de salir de allí, qué importaba perderse en el infinito del océano.

Golpeó y golpeó, hasta que la bestia se agitó, y entre grandes convulsiones volvió a verse en la enorme boca y expulsado por ella, sin sufrir más que algún ligero rasguño. Había luz, aunque le costaba ver después de tanto tiempo en aquel rincón impenetrable.

Cuando pudo volver a ser dueño de sus sentidos y su cuerpo en aquel mar agitado, vio la blanca línea de una larga playa, y sin dejar de apretar aquella mágica piedra dentro de su mano, nadó hacia ella.

Agotado, pero inmensamente feliz, llego a aquellas arenas amigas. El tiempo en la tripa del cetáceo le había envejecido terriblemente. Una experiencia tan horrible, aunque breve, había dejado su paso desolador por su aspecto con los cabellos ahora canosos, el gesto desengañado y su cuerpo entumecido. Mas se había salvado. Abrió la mano y vio el enigmático mineral, que tenía ahora un color blanquecino, con tintes azulados. Algo le decía que aquellos colores podrían cambiar.

Miró alrededor, pero nada le parecía conocido en aquella costa. Ya no regresaría a su tierra. No solo porque no sabía dónde estaba, sino porque se sentía un albo distinto que había vuelto a nacer después de aquel viaje por lo profundo del mar, dentro de un rincón aún más hondo y sombrío. Si se encontraba a alguien y le preguntaba por su nombre, debería pensar en cómo se haría llamar a partir de ahora.

AGRADECIMIENTOS

Gracias al equipo de Exit Editorial por abrir una puerta a tantos como escribimos, permitiendo que podamos compartir nuestros textos.

Índice